KB270759

문학과지성 시인선 32

새들도 세상을 뜨는구나

황지우 시집

문학과지성사에서 펴낸 황지우의 시집

게 눈 속의 연꽃(1990; 개정판 1994)
어느 날 나는 흐린 酒店에 앉아 있을 거다(1998)
나는 너다(2015, 시인선 R)

문학과지성 시인선 32
새들도 세상을 뜨는구나

초판 1쇄 발행 1983년 10월 20일
초판 26쇄 발행 1992년 11월 5일
재판 1쇄 발행 1993년 4월 30일
재판 43쇄 발행 2026년 1월 19일

지 은 이 황지우
펴 낸 이 이광호
펴 낸 곳 ㈜문학과지성사
등록번호 제1993-000098호
주   소 04034 서울 마포구 잔다리로7길 18(서교동 377-20)
전   화 02)338-7224
팩   스 02)323-4180(편집) 02)338-7221(영업)
전자우편 moonji@moonji.com
홈페이지 www.moonji.com

ⓒ 황지우, 1993. Printed in Seoul, Korea

ISBN 89-320-0187-1 02810

自　　序

　　나는 내가 쓴 詩를 두번 다시 보기 싫다.
혐오감이 난다. 누가 시를 위해 순교할 수
있을까? 나는 시를 불신했고 모독했다. 사
진과 상형문자 사이를 오락가락하며, 아 그
러니까 나는 시가, 떨고 있는 바늘이 그리
는 그래프라는 것을 波動力學이라는 것을,
독자께서 알아주시라고 얼마나 시의 길을
잃어버리려고 했던가. 죄송합니다.

1983년 9월
황　　지　　우

새들도 세상을 뜨는구나

차례

■ 自 序

沿 革

　　설달 스무아흐레 어머니는 시루떡을 던져 앞 바다
의 흩어진 물결들을 달래었습니다. 이튿날 내내 靑
苔밭 가득히 찬비가 몰려왔습니다. 저희는 雨期의
처마 밑을 바라볼 뿐 가난은 저희의 어떤 관례와도
같았습니다. 滿潮를 이룬 저의 가슴이 무장무장 숨
가빠하면서 무명옷이 젖은 저희 一家의 심한 살넘새
를 맡았습니다. 빠른 물살들이 土房門을 빠져나가는
소리를 들으며 저희는 낮은 沿岸에 남아 있었습니다.
　　모든 近景에서 이름없이 섬들이 멀어지고 늦게 떠
난 木船들이 그 사이에 오락가락했습니다. 저는 바
다로 가는 대신 뒤안 장독의 작게 부서지는 파도 소
리를 들었습니다. 빈 항아리마다 저의 아버님이 떠
나신 솔섬 새울음이 그치질 않았습니다. 물 건너 어
느 계곡이 깊어가는지 차라리 귀를 막으면 南灣의
멀어져가는 섬들이 세차게 울고울고 하였습니다.
　　어머니는 저를 붙들었고 內地에는 다시 연기가 피
어올랐습니다. 그럴수록 近視의 겨울 바다는 눈부신
저의 눈시울에서 여위어갔습니다. 아버님이 끌려가
신 날도 나루터 물결이 저렇듯 잠잠했습니다. 물가
에 서면 가끔 지친 물새떼가 저의 어지러운 무릎까

지 밀려오기도 했습니다. 저는 어느 외딴 물나라에서 흘러들어온 흰 상여꽃을 보는 듯했습니다. 꽃 속이 너무나 환하여 저는 빨리 잠들고 싶었습니다. 언뜻언뜻 어머니가 잠든 胎夢중에 아버님이 드나드시는 것이 보였고 저는 石花밭을 넘어가 燐光의 밤바다에 몰래 그물을 넣었습니다. 아버님을 태운 상여꽃이 끝없이 끝없이 새벽물을 건너가고 있습니다.

朔望 바람이 불어왔습니다. 그러나 바람 속은 저의 死後처럼 더 이상 바람 소리가 나지 않고 木船들이 빈 채로 돌아왔습니다. 해초 냄새를 피하여 새들이 저의 무릎에서 뭍으로 날아갔습니다. 물가 사람들은 머리띠의 흰 천을 따라 內地로 가고 여인들은 還生을 위해 저 雨期의 靑苔밭 넘어 再拜三拜 흰떡을 던졌습니다. 저는 괴로워하는 바다의 內心으로 내려가 땅에 붙어 괴로워하는 모든 물풀들을 뜯어 올렸습니다.

內陸에 어느 나라가 망하고 그 대신 자욱한 앞바다에 때아닌 배추꽃들이 떠올랐습니다. 먼 훗날 제가 그물을 내린 子宮에서 燐光의 항아리를 건져올 사람은 누구일까요.

만수산 드렁칡 1

오 亡國은 아름답습니다 人間世 뒤뜰 가득히 풀과
꽃이 찾아오는데 우리는 세상을 버리고 야유회 갔습
니다 우리 세상은 국경에서 끝났고 다만 우리들의
털 없는 흉곽에 어욱새풀잎의 목메인 울음 소리 들
리는 저 길림성 봉천 하늘 아래 풀과 꽃이 몹시 아
름다운 彩色으로 물을 구하였습니다

우리는 모른 체했습니다 우리는 不眠의 잠을 잤습
니다 지친 사람들은 꿈을 꾸고 凶夢의 별똥들이 폭
죽 쏘는 太平盛代 국경 근처 다른 나라의 방언을 방
청한 풀과 꽃이 자꾸 어떤 信號를 보내왔습니다 그
신호의 푸른 나뭇가지를 마구 흔들며 우리 허리에
걸친 기압골이 南端으로 내려갔습니다.

대답 없는 날들을 위하여 1

새벽, 인양선이 잠든 우리들의
고막으로 돌아오고 있었다
지친 海路를 뒤에 끌고 천천히,
길게 自己告白을 하는 뱃고동 소리
우리들 중 누가 이 低音의 깊은
밑바닥으로 잠수하려 할 것인지
잠결인 듯 深海의 술병에
목놓은 바람 소리 지나간다

木浦가 곧 물에 잠기리라
명년 초봄 平澤以北에 밤꽃이 피고
城內에 피가 흐르리라
어두운 땅에서 사람들이 이를 갈며 울리라

脫水한 수평선에 흰 새들이 빠져들고 있었다
끼룩거리는 찢긴 벽보들, 갈보들 그들은
이미 죽은 시대를 屍姦하고
우리들 중 한 사람을 水葬한 수평선은
다시 물을 빨아들이고 있었다
오늘은 전국적으로 흐리고
嶺東 산간 지방에 비

대답 없는 날들을 위하여 2

갈 봄 여름 없이, 처형받은 세월이었지
축제도 화환도 없는 세월이었지
그 세월 미쳐 날뛰고 맹목의 세례식——

개나리꽃 옆에서 우리는
물벼락 맞았지 진달래꽃 앞에서
눈물 벼락 맞고, 우리는 國籍을 잃고
우리는 이데올로기의 色盲이 되고
자욱한 연기, 질식할 것 같은 철쭉꽃 뒤에서
몰지각한 망상주의자
망상주의자였지 우리는, 연방 기침하면서 불순한
사대주의자,
위험한 이상주의자였지 손 한번 들어올리지 못하
고
소리 한번 못 지르고 우리는,
한 다발 두 다발 문밖으로 들려나가는 모습들을
'느린 그림'으로 지켜보는
들뜬 회의주의자, 혼수 상태의 세월이었지

대답 없는 날들을 위하여 3

그때 거기서 나는 웃었다
이름을 대고 나이와 직업을 대고
꽝 내리치는 주먹
떨어지는 국화꽃잎 아래서
그때 거기서 나는 웃었다
컵의 물이 근엄한 近影에 튀었다
쓰레기통에서 자기 그림자를
파먹는 미친개 같애
나는 속으로 생각했다
默示의 물 우에 꽃잎 몇 개가
혓바닥처럼 떠 있었다

草露와 같이

오 幻生을 꿈꾸며 새로 태어나고 싶은 물소리, 엿
듣는 풀의 淚腺, 살아 있는 것은 살아 있는 동안의
이름을 부르며 살 뿐, 있는 것이 있는 것이 아니고
사는 것이 사는 것이 아니로다 저 타오르는 불 속은
얼마나 고요할까 傷한 촛불을 들고 그대 이슬 속으
로 들어가, 곤히, 잠들고 싶다

手旗를 흔들며

日刊紙에 콩나물을 싸들고
아내가 우리 生涯의 막다른 골목으로 돌아온다
가난한 거주지의 긴 주소를 찾아
(그래 그래 주소가 길면 가난한 사람이다)
일기예보를 보는 식구들에게
吉林省 옛 갈대밭에서
입에 손 모으고 呼名하는 사람이 있다
그곳에도 사람이 있다고
그곳에도 흰 깃발이 오르고
다가갈 수 없는 對岸으로
물은 흘러도 영원히 닿지 않는
연해주에서 新林 山六洞까지
보이지 않는 눈·비·바람의
보이는 線을 따라
흰 깃발이 펄럭인다
그곳에도 사람이 있다고
그곳에도 사람들이 무더기로 죽고
외몽고로 또다시 流民들이 떠나간다
떠나고 없는 빈
등고선에 내리는 흰 눈

을 아내가 마당에서
대신 맞고 있다

만수산 드렁칡 2

어서 가라
이 쑥밭의 땅에서
괴로워하는 쑥굴헝 가시 덩굴 헤치고
그대의 어린 가족들 데리고
어서 가라
저 만수산 上上峯으로
世世孫孫 짙푸른 넝쿨을 잡아당겨
그대의 幻聽 속에
수천의 弔鐘을 울리는
저 만수산 어서 가라
이 쑥밭의 땅에서
가시덩굴 쑥굴헝 헤치고
어린것들 아내와 노모를 데리고
어서 가라
이곳에 더 이상 씨 뿌리지 말고
이곳에 더 이상 아이 낳지 말고
이곳에 더 이상 사람 묻지 말고
더 이상 노래하지 말라 오 殺菌된 땅에
더 이상 벌레 울음 소리 들리지 않으므로
더 이상 울지 말라 울지 말고

어서 가라 焦土를 버리고
이곳의 온갖 이름과 언약을 버리고
납세고지서를 주민등록증을 버리고
오 화해할 수 없는 이 지상을
벗어나가라
밤마다 그대 도려낸 흉곽의 응달에
世世孫孫 푸른 넝쿨 내리고
世世孫孫 맑은 물줄기 타고
그대의 幻聽 속에 수천의 弔鐘으로
떠내려오는 저 만수산으로
어서 가라
어서 가라

만수산 드렁칡 3

본시 소생은 무지몽매 고집불통의 영악한 넝쿨이
오 더러울수록 따뜻한 이 두엄 땅에 뿌리박고 내일
이 없는 하늘 아래 갈갈이 찢어져 시시로 청풍 나뭇
잎 소리에 입속ㅅ말을 나누며 킥킥거리며 푸른 등꽃
을 피운 적도 있고 갯땅쇠 땅 개새끼 마을을 불질러
그놈들을 사슬로 묶어서 삼복 더위 땅바닥에 질질
끌고 다녔고 다만 절개 없는 놈들 그들의 변절을 용
서했소 용서한 죄밖에 없소

歸巢의 새 2

숲새는 지 울음이 들릴락말락한 까마득한 달팽이
管 속으로 날러가부럿다 지 울음으로 숲 둘레를 막
아놓고 그 숲에 집 지은 숲새는 可聽圈 몇 옥타브
우에서 끝없이 목이 쉬었다…… 사이사이에…… 지
가 깃든 수풀 밖으로 또 다른 숲이 있능가 없능가
의심하면서

인간적인, 너무나 인간적인 김형사에게

이제 김형사와 나는 격의 없이 이야기를 나누는 사이가 되었다. 아내도 처음처럼 놀라거나 경계하지 않고 커피를 타오고, 우리 아이 장난감까지 사들고 들어오는 김형사에게 어떤 '인간적인 것'을 확인한다. 그는 늙으신 어머님께도 깍듯이 인사한다. 그 인간적인 것 때문일까. 그와 나는 좀처럼 정치적인 이야기는 하지 않는다. 다만 '제1공화국'에서 '최불암씨 연기'가 좋았다고는 말한 적이 있다.

연기? 우리도 연기하고 있는 게 아닙니까, 김선생님? 내가 선생님이라고 불러주는 그것에 그는 특히 만족한 것 같다. (그가, 크게, 웃었으니까) 나도 따라 웃으며 "요즘은 어떻게 지내냐"는 그의 물음에 답한다. 그걸로 생활이 되냐고 그는 묻는다. 나는 답한다. 몸은 좀 어떠냐고 묻는다. 나는 답한다. 그리고 내가 묻지도 않았는데 자기 살아온 이야기들을 그는 한다.

그는 이북 황해도 지주 출신이라고 한다. 어렸을 적 내무서원 사람들이 집에 와서 사람들을 끌어가는 것을 보았고, 그는 사람이 얼마나 무서운가를 알았고, 어머님과 동생들과 월남했고, 어렵게 살았고,

해병대를 제대했고, 이 길로 뛰어들었는데, 김형사
가 사람들 집을 방문할 때 그러니까 사람들이 꺼려
하는 이유를 그는 안다고도 말했다. 그는 예절 바르
고 잘 웃고 어쩌면 사물에 대한 연민도 있어 뵌다.
나는 언제라도 그를 환영한다고 말했다. 그도 박봉
이지만(!) 언제 밖에서 쇠주나 한잔 하자고 하고 갔
다. 그가 간 뒤로 우리의 연기를 곰곰이 따져보는
버릇을 이제 나는 없앤다.

그날그날의 현장 검증

어제 나는 내 귀에 말뚝을 박고 돌아왔다
오늘 나는 내 눈에 철조망을 치고 붕대로 감아버
렸다
내일 나는 내 입에 흙을
한 삽 처넣고 솜으로 막는다

날이면 날마다
밤이면 밤마다
나는 나의 일부를 파묻는다
나의 증거 인멸을 위해
나의 살아 남음을 위해

이 문으로

이 문으로 들어가면 넓고
이 문을 나오면 좁다
이 문에는 종교성이 있다
풀잎 하나가 풀잎의
전체를 보여준다
제자리걸음으로
수십 킬로 먼 곳까지 다녀온다
끼니때마다 내 밥의
1/3을 비둘기에게 던져주고
갇혀 있음으로
내 몸이 무장무장 투명해진다
새들이 내 흉곽으로 기어들어와
날개 짓는 소리가 소란하다
내려가고 싶다
유리 같은 땅

에프킬라를 뿌리며

여기는 초토입니다

그 우에서 무얼 하겠습니까

파리는 파리 목숨입니다

이제 울음 소리도 없습니다

파리 여러분!

이 향기 속의 살기에 유의하시압!

심 인

김종수 80년 5월 이후 가출
소식 두절 11월 3일 입대 영장 나왔음
귀가 요 아는 분 연락 바람 누나
829-1551

이광필 광필아 모든 것을 묻지 않겠다
돌아와서 이야기하자
어머니가 위독하시다

조순혜 21세 아버지가
기다리니 집으로 속히 돌아오라
내가 잘못했다

나는 쭈그리고 앉아
똥을 눈다

오늘도 무사히

청계천에 기둥 세 개만 남아 있으리라
남대문은 벽돌 조각으로 덮여 있으리라
남산 송신탑은 길게 가로누워 있으리라
지하철 속으로 빈 바람이 소리내어 불며
도큐 호텔에서. 5세기 후 발굴단 인부들이, 달라붙은
남녀의 화석을 긁어낼 것이다.
손바닥에 침을 뱉고 그들은 낄낄대리라
디럽게 붙었네 잡것들이!

아 오늘 나는 살아 있다
그 폐허의 블록보도를 지금 걸으며
5세기 후 도마뱀의 눈에
잠깐 비췬, 태평로 아스팔트 웅덩이에 괸 물을 나는 잠시 바라보았다
보았다 나는 오늘, 무너진
대리석과 휜 철근 사이의 털난 잡풀을
호텔 롯데와 프라자 호텔이 차단한 그늘 속에서

아아 오늘 나는 살아 있어서

그 그늘 속으로 들어간다 휘파람을 불며
모든 잠시 있는 것들을 나는
추모한다 유행가와 슬로건과 아취를
광화문과 시청과 미 대사관과 해태와
어제 개관한 교보 빌딩과
....
이 묶음 부호 속에 들어갈 말 못 할 더 많은 것
들을

의혹을 향하여

스리지 뽑으러 창제 인쇄소엘 가면 시인 조태일 씨가 있다. 죠우 테일이요 좃태일이요?(통금 위반으로 나는 그와 종로경찰서에서 우연히 만났었다) 그는 국문의 역행동화와 모음축약 현상으로 자기 이름이 가끔 좃털이 된다고 너털웃음을 웃는다(확실히 우리말 사이시옷에는 끊고 싶은 푸른 칼날이 들어 있다). 한때 그는 양푼에 소주를 부어 밥 말아 마셨다고 한다, (나는 질린다) 그는 씨름꾼같이 생겼다. 술에 취하면 자주 그는 신길동 집 옥상에 밤늦게 올라 별에게 삿대질을 하며(방점은 내가 찍는다) 고성 방가하였다. 그랬더니(그가 나쁘다) 그의 이웃들이 반상회에서 그를 신고했다는데, 아무튼 그는 시를 쓰지 않는다. 그가 시를 쓰지 못한다는 것과 이 고성 방가가 어떤 관계를 갖는다고는 나는 생각지 않는다. 시인은 늙지 않으려면 빨리 죽어야 한다.

나는 창제 인쇄소 주조실에 있는, 머리털이 희끗한 말없는 김씨 할아버지가 좋다. 그분은 고분고분, 떨어져나간 활자를 만든다. 불에 납이 녹는다. 타는 기름 냄새. (나는 그때 노예의 살갗에 불붙는 문신을 보는 것 같았다) 오늘 김씨 할아버지는 물음표를 한

상자나 만들어놓으셨다. 이게 몇 자쯤 되느냐고 물어도 그는 기계 소리 때문에 말을 듣지 못한다.

? ? ? ? ? ? ? ? ? ? ? ?

? ? ? ? ? ? ? ? ? ? ? ?

? ? ? ? ? ? ? ? ? ? ? ?

? ? ? ? ? ? ? ? ? ? ? ?

(이것을 거울에 비추어볼 것)

왜 그랬을까. 왜 그것이 낚시같이 보였을까. 왜 나는 그것을 시라고 생각했을까. 거꾸로 숙이고 있다가 문득 우리의 확신과 의혹을 낚아채는, 우리의 아가미를 여지없이 낚아채는, 그 이유를 나는 말 못한다.

입성한 날

위로받아야 할 사람은 오히려 문밖에 있는 당신들
이다. 당신들을 붙들고 있는 고리를 나는 탐색해왔
다. 그 고리의 끝에 달려 있는 대답 없는 날들을 위
하여 나는 이 지상의 가장 靜寂한 땅으로 입성한다.
나는 미래를 포기한다. 1984년 여름이라고 朱記된
노트 위에서

아내의 수공업

아침부터 아내는 아이들을
손바닥으로 때린다
바나나 킥인가 B 29 ㄴ가
단돈 2백 원 땜에
아이들은 빨간 목젖으로
운다 그놈의 텔레비전 때문만은 아니다
버릇을 고쳐준다고는 하지만
아내는, 지금, 나의 무언과 過信의 무능에
손질하는 것이렷다
낮에도 남자가 집에 있다는 사실
이 사실에서, 이 혐의에서
검침원과 외판원에게 문 열어
줄 때마다 나는 죽는다
아내의 피아노 레슨 받는
동네 꼬마놈들을 피해
살며시 집 밖으로 빠져나오는
나의 알리바이에서, 뒷산까지
올라간 신흥 주택과 비집고 들어갈
틈 하나 없는 시가가 뵈는 기슭에서
나는 유배간다

메아리를 위한 覺書

불 속에 피어오르는 푸르른

풀이어 그대 타오르듯

술 처마신 몸과 넋의 제일 가까운

울타리 밑으로 가장 머언

물 소리 들릴락말락

    (우리는 어느 溪谷에 묻힐까 들릴까)

줄넘기하는 쌍무지개

둘레에 한세상 걸려 있네

새들도 세상을 뜨는구나

映畵가 시작하기 전에 우리는
일제히 일어나 애국가를 경청한다
삼천리 화려 강산의
을숙도에서 일정한 群을 이루며
갈대 숲을 이륙하는 흰 새떼들이
자기들끼리 끼룩거리면서
자기들끼리 낄낄대면서
일렬 이렬 삼렬 횡대로 자기들의 세상을
이 세상에서 떼어 메고
이 세상 밖 어디론가 날아간다
우리도 우리들끼리
낄낄대면서
깔쭉대면서
우리의 대열을 이루며
한세상 떼어 메고
이 세상 밖 어디론가 날아갔으면
하는데 대한 사람 대한으로
길이 보전하세로
각각 자기 자리에 앉는다
주저앉는다

파란만장

율도국에 가고 싶다
내 흉곽의 江岸을 깎는
波瀾萬丈
물결 하나가
수만 겹의 물결을 데리고 와서
나의 애간장 다 녹이는
조이고 쪼이는
내 몸뚱어리 빨래가 되고
오 빨래처럼
屍身으로 떠내려가도
저 율도국으로 흘러가고 싶다

만수산 드렁칡 4

오 넝쿨이어
핏줄이어
쇠사슬이어

山 전체가 뫼똥이다
거기까지 거적때기에 질질
끌려간 자국이 나 있다

에서 · 묘지 · 안개꽃 · 5월 · 시외버스 · 하얀

퇴계로에 와서도 그 山이 보인다. 3·1로까지 걸어가는데, 봄바람 맞으며 가는데, 산은 흔들리는 자기 그림자를 발목까지 담그고 자꾸 뭔가 게워낸다. 흙덩어리인 자기를 버리기라도 하려는 듯이. 그녀를 무등 태운 山 그림자가 시내까지 따라온다. 죽겠다! 좀 봐줘. 그래도 온다. 뻐꾹새 울음의 半音 플랫에 실려, 山이 가까이, 멀리, 그만 따라와! 해도, 市 외곽 시립 공원 묘지 千여 구를 싣고 淸溪川까지 흘러온다.

慶州崔氏愛淑之墓
陰曆 一九五四年 九月 十四日 生
陰曆 一九八〇年 四月 十八日 卒
여보 당신은 천사였소
천국에서 다시 만납시다
　　　수철이 아빠

청계천 2가. 횡단보도를 바삐 교차하는 사람들 사이에서 (저쪽에서 이쪽으로) 그녀는 아이를 업고 나타났다. 그 山이 게워낸 異物質인 듯한 하얀 안개꽃

을 아이가 쥐고 흔들어댔다. 거기서 무슨 은방울 같
은 소리가 났다. 맹인을 위한 신호 소리를 들으며
쌩쌩(生生?)한 사람들이 이쪽에서 저쪽으로 먼저 넘
어갔다. 사라지는가 했는데 그녀는 다시 자동차 부
속품상 앞 잡상인들 틈에서 나왔다. 그녀는 한 번만
더 아이를 낳고 싶다고 말했다. 나는 그만두라고 했
다. 그녀는 한 번만 더 아이를 이 땅으로 보내고 싶
다고 했다. 나는 두 손을 그었다. 지금 보다시피 우
리는 서로의 발등을 밟고 있다고 나는 말했다. 뱃속
에서 아기가 죽어간다고 그녀는 화를 냈다. 이 땅에
오려면 몸으로 닻을 내려야 한다고 나는 말했다. 나
는 적십자사 헌혈차를 피해갔다. 그리고 뒤로 돌아
서서 그녀에게 正色하고 말했다. 그대 앞에 내 슬픔
이 좀 과했나보오. 그대 앞에 나의 심령과학적 자의
식이.

그대의 표정 앞에

뉴욕, 흐림, 0℃, 레이건 국방비 증액

런던, 짙은 안개, 4~2℃, 무가베, 엔코모 비난

파리, 비, 2℃, 미테랑 무기 판매 결정

본, 눈, −5℃, 波 계엄 위반자 14만 5천 명

모스크바, 폭설, −5~−11℃, 행정 조직에 黨 통제 중요

동경, 흐림, 11~5℃, 波 수천 명 검거

리오데자네이로, 폭우, 37~20℃, 美, 엘살바도르 파병
부인

집으로 돌아오는 골목길에 오줌 싸려는 나의 포즈
를 가로등이 등뒤에서 길게 내 이마 앞에 때려눕혀
논다. 섬뜩 놀라며 멈춘 나는 섬뜩 놀란 체하는, 그
런 몸짓을 하는 그놈을 노려본다. 그놈에게 질질 갈
기면서, 좌우로 흔들면서, 부르르 떨다가 탈탈 떨면
서, 그리고 나는 아주 작은 소리로 말한다. 못 살아
못 살아. 들어가면 아내에게 소리지를 거다. **여보, 우리
꺼지자. 南美로, 南極으로, 우리의 對蹠地로.** 어디
든!

현실: 꼼짝 못 함. 체형 부동 자세. 경제: 빚더미. 교

육: 무지몽매. 예술: 신선한 거품의 OB 맥주. 아, 삶:
입구멍·똥구멍·오줌 구멍만 뚫려 있음. 여기저기에 핀
포인팅. 종교: 없음.

　불쌍한 지구. 불쌍한 폴란드.
　불쌍한 태양계. 불쌍한 20세기말.
　그리고 끝으로 불쌍한 이 時空 어디서
　눈이 오려는지
　호남 산간 내륙으로 불연속 전선이 다가간다

같은 緯度 위에서

지금 신문사에 있거나
지금도 대학에 남아 있는 사람들은
다 불쌍한 사람들이다
잘 들어라, 지금
잘 먹고
잘 사는 사람들은 지금의
잘 먹음과 잘 삶이 다 혐의점이다
그렇다고 자학적으로 죄송해할 필요는 없겠지만
(제발 좀 그래라)
그 속죄를 위해
〈악으로〉 詩를 쓰는 것은 아니다.
이름을 위해 우리가 사는 것은
아닐 것이다 이 말도
나는, 간신히, 한다
간신히하는 이 말도
지금 대학에 있거나
지금도 신문사에 남아 있는 사람들은
못 한다 안 한다
그래도 폴란드 사태는 신문에 난다.
바르샤바, 그다니스크, 크라코프, 포즈난

난 그 緯度를 모른다 우리가
그래도 한 줄에 같이 있다는 생각,
그 한 줄의 연대감을 표시하기 위해
마루벽의 수은주가 자꾸
추운 지방으로 더 내려간다.
자꾸 그곳으로 가라고 나에게 지시하는 것 같다
산다는 것은 뭔가 바스락거리는 것인데
나도 바스락거리고 싶은데
내 손이 내 가슴을
치는 시늉을 한다, 시늉만
(내 탓이로다
내 탓이로다
내 탓이로다
하느님, 정말 불쌍합니다)

몬테비데오 1980년 겨울

쉬페르비에르 詩를 읽어도 좋고, 김승옥의 『서울
1964년 겨울』을 읽어도 좋지만 하나도 안 읽어도
좋다.

잎이 지는 4월에서
눈 내리는 7월까지
市中에는 아무런 일이 없었다.
시민들은 대개 축구장으로 가고
테라스에서 노인들은
내기 체스를 두었다 복덕방과
의사당이 특히 한산했다
아침에 우유와 뉴스가 오고
혹은 주문한 히아신스꽃이 배달오기도 하고
이따금 먼 친척의 부음이 오기도 했지만
전철이 그 시간에 1번街를
소리내며 지나갔다.
잎이 지는 4월, 로트레아몽 가로수 길로
어린 임산부가 적십자병원을 찾아가는 모습이,
우연히, 보였고
7월의 積雪量을 가르고 영구차가

최후로 도시를 빠져나갔다
한 아이의 떡잎이 떨어지고
한 사람이 自然死했다
잎이 지는 4월에서
눈 내리는 7월까지
시중에는 아무런 사건도 일어나지
않았다 시민들은 사건 대신
가십을 읽었고 그 때문에
市의원의 性 스캔들이 정치 문제로
가진 않았다 언론과
교회는 관대했다 둘 다
기업의 다른 이름으로
不德을 이용했다
잎이 지는 4월에서
눈 내리는 7월까지
시중에는 아무런 변화가 없었다.
다만 역대 유네스코 사무총장이
갈렸을 뿐 야채값은 안정세였다
쇠고기 때문에, 核 때문에, 外債 때문에
시민들이 시위하는 일은 좀체 없었다

노조 간부들과 사장은 웃으며 칵테일을 들었다
4월에서 7월까지
공단과 女工들의 합숙소와
全經聯 회장댁에 똑같이 잎이 지고
똑같이 눈이 내렸다
잎이 지는 4월에서
눈 내리는 7월까지
시중에는 그렇게 아무런 잡음이 없었다
시민들은 15분간 등화 관제를 했고
높은 통제탑에서 시장은 크게
흡족했다 대서양 해안 초소에도
이상이 없었고 해외 여행에서
前공직자 부부도 이튿날 돌아왔다
그 4월과 7월 사이 시민들은
영세민의 권투 선수를 사랑했고
혼혈 가수의 노래를 따라 불렀다
순수시의 대가 페르디난도 츈초씨가
개혁 세력 시의원에 출마했고
고대 사학자 로차 첸씨는 지지 발언을 하기도 했다
대학은 잠잠했고

혐의자 쟝 피에로 청년의 인권도 지켜졌다
간간이 무역풍이 대법원 종려나무에
지중해 겨울비를 실어왔지만
그러나 잎이 지던 4월에서
그러나 눈 내리던 7월까지
시중에는 아무도 보지 못했다
아무도 못 보았고 못 본 체했다
잎이 지는 4월에서
눈 내리는 7월까지
앞바다에 왜 혈흔이 떠 있는가
앞바다에 왜 혈흔이 지워지지 않는가

飛火하는 불새

나는 그 불 속에서 울부짖었다
살려달라고
살고 싶다고
한번만 용서해달라고
불 속에서 죽지 못하고 나는 울었다

참을 수 없는 것
무릎 꿇을 수 없는 것
그런 것들을 나는
인정했다
나는 파드득 날개쳤다

冥府에 날개를 부딪치며 나를
호명하는 소리
가 들렸다 나는
무너지겠다고
약속했다

잿더미로 떨어지면서
잿더미 속에서

다시는 살[肉]로 태어나지 말자고
다시는 태어나지 말자고
부서지려는 질그릇으로

날개를 접으며 나는,
새벽 바다를 향해

날고 싶은 아침 나라로
머리를 눕혔다
日出을 몇 시간 앞둔 높은 窓을 향해

자물쇠 속의 긴 낭하

발자국 소리, 자물쇠 속의 긴 낭하로
사람이 온다
사람이 무섭다

자물쇠 콧속으로 흐린 山 물이
흘러 들어온다 腦膜에 아득하게
떠 있는 어린 시절 소금쟁이
물풀들, 물소리가
귓바퀴를 두어 바퀴
맴돌다 우뚝 멈추고 요구한다
"말해!"

자물쇠의 食道를 타고 뜨겁게
다시 전화벨이 울린다
목구멍으로 꿀떡
시린 칼자루가 들어온다
칼에 꽂힌 채
묻는 말에 대답하기
"우리가 사람이란 걸 그만둡시다"

자물쇠 구멍으로 부는 聽覺的인 바람
느티나뭇잎들이 흔들린다 누가
멱살을 잡고 흔든다 가지가지에
양면 종이들이 펄럭이고
마지막 한 잎이 손에서
지문을 앗아간다
잠들고 싶다
"아 몸이 왜 있을까"

밖에서 닫아주는 문소리,
발자국 소리, 자물쇠 속의 긴 낭하로
사람이 나간다
쓰러지면서
용서를 빌면서 비로소 파리
에게 말한다 "ONLY WAY TO FLY"*

* 히피들의 목걸이에 새겨진 말.

<h1 style="text-align:center">旅　程</h1>

할아버지가 돌아가셨다. 완도 무선국에서 걸려온 시외 전화를 받고 허둥지둥 새벽길을 나선다. 새벽 겨울 바다 바람의 雜音과 訃音이 짬뽕이 된 수화기 속에 하라부지가, 윙윙, 하라부지가 도라가셔씅께, 윙윙, 느그 미국 성님한테, 윙윙, 전화하고, 윙윙, 빨리

　　　택시로 강남 터미널까지

　　　고속버스로 광주까지

　　　직행버스로 해남까지

　　　통통배로 全羅南道 莞島郡에 부속된 섬까지

갈수록 길은 점점 左右가 오므라들고 上下가 험했다. 上流로 거슬러 올라갈수록,

喪家는 잔칫집이었다. 일흔 가호 앞뒷 섬사람들이 一當六七의 全食口를 몰고 와 4박 5일 葬을 지냈다. 에미들이 따라온 새끼들에게 입이 찢어지든 말든 한 볼때기씩 고깃점을 밀어넣어주면 아이들은 뭔갈 움켜쥐고 뒤안으로 게처럼 잽싸게 빠져나간다. 사내들은 천막 밑으로 들어와, 가신 그 양반, 福人이셔 福人, 한마디씩 거들고 앉는다.

부정기적으로 哭을 하고 나온 큰어머니도 이 상

저 상 돌아다니며 이것 놔라 저것 놔라 얼굴에 喜色
을 숨기지 못한다. 저노무 영감뗑이 빨리 디져부러
쓰믄, 소리치던 그녀는 기쁘다. 뭍으로 나간 일가붙
이들이 속속히 들어오고, 목포 작은고모 일금 貳拾
萬 원, 부산 첫째작은아버지 일금 參拾萬 원, 광주
큰형님 일금 五拾萬 원, 서울 선자 누님 일금 壹拾
萬 원, 엘에이 작은형님 일금 參拾萬 원이 들어오
고, 돼지 다섯 마리 잡고, 소주 열 박스를 풀어놓았
으니 큰어머니는 오지다. 한편으로 섬사람들 앞의
生色과 誇示, 베푼다는 생각으로 기뻤고, 다른 한편
으로 뭍사람들 앞의 상대적 빈곤과 '없이 살았다'는
자기 서러움으로 靈前에서 원껏 울 수 있는 기회가
만족스럽다. 해남 고모와 둘째작은어머니, 종형수는
입 꾹 다물고 부엌과 구정물통 사이만 오고 간다.
　사람이 죽고, 또 울고불고 해도, 한 사람의 죽음
을 치어내는 일 역시 살아 있는 사람들의 살아가는
共同行事였다. 한 구멍의 性器의 共同體에서 빠져
나왔어도, 그러나 제각기 뻗어나간 삶의 '꼬락서니'
는 천양지간이다. 사촌 팔촌끼리 미국에서 온 아이
들과 도시에서 온 아이들과 섬에서 자란 아이들은

뭔가 상호 적대적이다. 어느 놈은 냄새난다고 밥도 먹질 않는다.

이윽고 계꾼들 삼봉 치는 소리도 잦아들고, 마당의 모닥불도 가물거리고 한차례 음복도 끝나고, 첫물 빠지는 소리만 우울하게 들릴 즈음, 할아버지 죽음보다 더 깊은 수렁의 슬픔들을 살아 있는 사람들은 분빠이한다. 슬픈 섬이 슬픈 섬끼리 그믐달 그늘을 늘이며 대열을 짓는다.

목포 고모는 남편이 사우디 나가고 자식들이 선창 불량아들과 어울려 속썩는다. 부산 작은아버지는 魚物 거간꾼이다. 객지에서 식구도 많고 살기가 팍팍하다. 자꾸 빽이 있어야 한다고, 집안에 판검사 하나쯤 있어야 한다고, 서울서 공부 많이 했으면 뭔가 해야지 않느냐고 한다. 학원 선생인 광주 형님도 과외 금지 바람에 쫄딱 망했다. 서울 누님은 보험회사 외판 사원이다. 목표 달성액이 1억 원이라며 생명보험 하나쯤 들라고 한다. 간호원인 형수를 앞세우고 미국 간 작은형님은 韓人街에서 페인트商을 한다. 다들 어렵다고 한다. 먹고 살기가 뻑적지근하다고 한다. 그러나 이건 뭔가 붙들려고 바둥거리는, 그러

나 더 이상 잡히지 않는 안간힘이다. 그러나 안간힘
도 힘이다. 중요한 것은 그래도 當身들은 손에 물
안 묻히고 산다는 점이다. 큰어머니가 다시 훌쩍거
리고, 둘째작은아버지는 등을 돌려앉고, 해남 고모
는 역시 말이 없다. 잠시 사람들은 썰물과 밀물이
뒤바뀌는 소리를 듣는다. 드는 물살이 해우 발대 사
이로 빈 배를 뜨게 한다. 이 섬을 뜨라고 누가 말한
다. 타고 나기를 뱃사람으로 태어난 宗孫, 경식 형
님이 버럭, 꽥, 소리를 지른다. 이 오살할 놈의 섬
을 떠나려도 빚으로 묶여 있다고, 겨울내 쎄빠지게
해우를 만들어도 여름에는 다시 빚내어 산다고, 목
포나 광주 사람들의 빚으로 몽땅 꼬나박는다고,
　이튿날, 바람 없고 맑고 찬 아침, 한 채의 꽃상여
를 짓고 앞바다 솔섬으로 사람들은 건너갔다. 여인
들은 물가에 남아 울었다. 섬의 부족한 흙으로 할아
버지를 묻고 사람들은 돌아갔다.
　통통배로
　직행버스로
　고속버스로
　택시로

혹은
비행기로
모두들 일이 밀렸다고, 목포로, 광주로, 부산으
로, 혹은 서울로, 혹은 엘에이로.

베이루트여, 베이루트여

조간에는, 피맺힌 절규…… 통한의 유랑길이라고
하고 석간에는, 우리는 결코 항복하지 않는다고
씌어 있다.
　제목도 아침 저녁 형형 색색으로 뽑아놓았다.

　　　　'나의 조국' 합창하며 투쟁 다짐,
　　　PLO 떠나던 날 '우리는 조국 땅에 다시 온다.'
　　　　　꺼지지 않은 채 흩어진 '불씨,'
　　　　　모든 길은 '예루살렘으로,'
　　　　　총구마다 아라파트 초상화,
　　　　　'전세계서 지하 투쟁' 선언,

　　　　(아, 이 말이 모두 외신이라는 안도감!)
　그리고 〔베이루트 21일 AP 전송―연합〕으로 받은
사진들.
　ⅰ) 털이 텁수룩한 중년 사내가 군복 차림으로 어린
　　　　　　　딸과 작별한다.
　ⅱ) 미제 M 16과 소련제 AK 47 소총을 든
　　　　　앳된 소년 전사와 백발의 전사가
레바논군 트럭에 실려 베이루트 항으로 향하고 있다.

iii) 한 팔레스타인 여인이 아라파트 머리를 움켜
안고 이마에 키스하고 있다.
그는 어머니에게 하듯 고개를 숙이고 안겨 있다.
그 밑에 아라파트여 안녕……이라고 씌어 있고
그리고
iv) 이건 진짜 작품인데, 특종인데,
한 전사의 부인이 두 손으로
소총을 하늘 높이 쳐들고 일그러진 얼굴로 입을 벌
리고 있다.
(출산할 때의 표정 같기도 하고 욕을 볼 때의 표정
같기도 하다.)
그것을
조간은, 비통의 몸부림이라고 했고
석간은, 몸부림치는 '이별'이라고 써놓았다.
이 무지막지한 이스라엘 군인놈들아
내 자식 내 남편 내놓아라.
이 갈갈이 찢어죽일 아브라함, 모세, 다윗, 솔로몬
의 새끼들아
통곡의 벽 안쪽은 그 벽 밖의
통곡이 들리지 않는 모양이다.
이 외신은 울음의 전도체인가, 아닌가

활엽수림에서

1971년: 4월 대통령 선거. 5월에 재수하러 상경. 광화문 뒷골목에 진치고 날마다 탁구나 당구 치다.

1972년: 대학 입학, 청량리 일대에서 하숙. 그해 여름, 어느 날, 혼자, 몰래, 588에서 동정을 털고 약먹다. 약값을 친구들한테 뜯기도 하고 새 책을 팔기도 하다. 가을, 국회의사당 앞, 탱크가 진주하고 학교 문닫다. 새 헌법 선포되다. 추운 다다미방에서 겨울 내내 신음하다. 毒이 전신에 번지는 꿈에서 화닥닥 깨어나기도 하고, 가끔 인천 방면으로 나가 서해 갯벌에서 高銀詩集 읽다.

1973년: 동숭동 개나리꽃 소주병에 꽂고 우리의 緯度 위로 봄이 후딱 지나간 것을 추도하다. 가정교사 때려치우다. 이집 저집 떠돌아다니다. 여자를 만났다 헤어지고, 그때 홍표·성복이·석희·도연이·정환이·철이·형준이·성인이와 놀다. 그들과 함께, 스메타나, 「몰다우江」 쏟아지는 學林다방, 木계단에 오줌을 갈기거나, 지나가는 버스 세워놓고 욕지거리, 감자 먹이기 등 發狂을 한다. 發精期, 그 긴 여름이 가다. 어디선가 머리카락 타는 냄새가 나고, 어디선가 바람이 다가오는 듯, 예감의 공기를

인 마로니에, 은행나무숲 위로 새들이 먼저 아우성치며 파닥거리다. 그때 生을 어떤 사건, 어떤 우연, 어떤 소음에 떠맡기다. 그 활엽수 아래로 生이, 그 개 같은 生이, 최루탄과 화염병이 강림하던 순간, 그 계절의 城 떠나다. 친구들 「아침 이슬」 「애국가」 부르며 차에 올라타다. 황금빛 잎들이 마저 평지에 지다.

1974년: 홍표, 권행이, 오걸이, 종구, 해찬이, 내가 부르는 이름들 끝에 10년 12년, 세월의 긴 꼬리표 달리다. 논산 훈련소 저지대에 엎드려, 황토에 얼굴 묻고 흐느끼다. 땅에 苦解聖事하다. 그리고 더 플백 하나와 군번 하나로 미지의 임지를 향해 北上하다. 한탄강, 北緯 38度線, 야산, 트럭 뒤 먼지가 그리는 작전 도로, 공공 사단, 세모 연대, 네모 대대, 가위표 중대, 당구장표 소대, 말단 소총수 되다. 어린 소대장 구두 닦고, 탄약고 제초 작업, 비온 뒤 도로 보수 공사, 낫질 삽질, 임진강서 모래 채취, 덤프차 타고 쏨밧골서 흙 파고 중대 뒷산 호박 구덩에 똥 푸고, 시멘트 공구리 등에 지고 군자산 벙커 공사, 식기 닦고 빨래하고…… 살다. 그냥

비인칭 주어로 살다. 이따금 서울서 여자가 면회오고 그녀가 준 돈으로 동두천서 지친 性器와 잠을 자기도 한다. 미군 캠프 부근을 하릴없이 서성이다 흑인 병사에게 팔뚝으로 크게 말좆을 그려 보이며 낄낄거리기도 하고, 오후 늦게 귀대하다. 녹색이 서서히 갈색으로 옮겨가는 군자산, 갈색이 다시 灰색으로 내려오는 山峽, 으로 몰려오는 첫눈, 맞으며 첫휴가 나오다. (아, 환속하다) "그 세상이, 먼저 건드렸어, 우리를." 우리들 중에 한 사람이 말하다. "아냐, 세상을 저질러버렸어, 우리가." 우리들 중의 또 한 사람이 말한다. 그날 영화 「빠삐용」 보고 말없이 헤어진다. 生을 탕진한 죄, 아무도 말 못 한다.

1975년: 다시, 도연이 정환이 들어가다. 철이 석희한테 그런 편지 오다. 아직 '아무데도' 못 간 그들에게 면죄부 띄우다. "너희는 살아 남아라. 날마다 새로 태어나라." 8월 부친 사망, 관보받다. 그날 수첩에 '또 한 사람 荷役'이라고 쓰다. 그해 겨울 GOP 철책으로 들어가다. 저쪽의 가장 따뜻한 쪽을 맞댄 이쪽의 가장 추운 경계에서 겨울 지내다. 새벽 기슭에 서서 부은 눈으로 눈 덮인 산을 맹하게, 바라보다.

1976년: 제대. 해군서 제대한 성복이와, 그해 가을, 신림동서 술 마시며 죽치다. 「歸巢의 새」 쓰다.

1977년: 다섯번째로 만난 여자와 결혼하다. '무작정 살다.' 6개월 후 이 표류에 한 사람 더 동승하다. 딸 낳다. 그때 도연이 출감하다. 정환이, 해일이 출감하고 곧 동부 전선으로 가다. 『文學과知性』 겨울호에 성복이 '시인'으로 혼자 떨어져나가고 석희, 군대에서 음毒 자살 기도하다.

1978년: "날 먼저 죽이고 나가라, 이놈아." 어머니 울면서 말리다. 親동생 끝내 광화문으로 나가다. 통대 99% 지지, 같은 사람을 9대 대통령으로 추대하다. 홍표 나와서 컴퓨터 회사 취직하다. 출판사에, 수입 오퍼상에, 섬유 수출업에, 하나씩 둘씩 들어가다. 더러 결혼도 하고 그런 때나 가끔 서로 얼굴 보다. 生, 지리멸렬해지다. 그 生의 먼데서 여공들 해고되고 한 달에 한 번 대구로, 김해로, 동생 면회가서 옷과 책 넣어주다.

1979년: 대통령 죽다. 그리고 어느 날, 문득, 멀리서, 모두, 한꺼번에 돌아오다.

천사들의 계절

    ……, 무엇, 그 무엇이 온다, 나에게 온다, 아내에게 오고, 아이들에게 오고, 어머니에게 오고, 형님에게, 누님에게, 동생에게, 온다, 그 무엇이 건너뛴 不在者 申告의, 빈자리로

    무엇, 그 무엇이 온다, 그 하늘로 먼저 오고, 그 땅으로 오고, 그 꽃으로 오고, 그 울음 바다로 오고, 그 발작 상태로 온다, 우리들 가슴가슴, 그 서릿발로,

    아 그 무엇, 그 무엇, 더 말 못 하겠다, 더 하늘 못 보겠다, 더 땅 못 딛겠다, 꽃이 안 피었으면! 숨을 안 쉬었으면! 치솟아버렸으면!

    아버님, 제발 썩으세요, 왜 生時의 그 눈썹으로 살아 있는 저희를 노려보십니까?

신림동 바닥에서

내 失業의 대낮에 시장 바닥을 어슬렁거리면,
그러나 아직, 나는 아직, 바닥에 이르려면 아직,
멀었구나.
까마득하게 멀었구나.
나는 탄식한다.
아, 솔직히 말하겠다. 까마득하게 멀리 보인다.
까마득하게 멀리 있는 것이 보인다. 내 발 바로
아래에 놓인,
비닐 보자기 위에 널퍼덕하게 깔아놓은,
저 냉이, 씀바귀, 쑥, 돌갓, 느릅나무 따위들이여,
그리고 그 옆의, 마찬가지로 널퍼덕하게 깔아놓은,
저 멸치, 미역, 파래, 청강, 김가루, 노가리 등이여.
그리고 또 그 옆의, 마찬가지로 널퍼덕하게 깔아
놓고 앉아서,
스테인레스 칼로 홍합을 까고 있는,
혹은 바지락 하나하나를 까고 있는,
혹은 감자 껍질을 벗겨 물 속에 넣고 있는,
바로 내 발 아래에 있는, 짓뭉개져 있는,
저 머나먼, 추운 바닥이여,
나의 어머님이시여.

흔적 Ⅲ · 1980(5.18×5.27cm)

李 映 浩 作

그 길은 모든 시간을 길이로 나타낼 수 있다는
듯이
直線이다.
그리고 그 길은, 그 길이
마지막 가두 방송마저 끊긴 그 막막한 심야라는
듯이,
칠흑의 아스팔트다.
아, 그 길은 숨죽인 침묵으로 등화관제한 第一番
街의, 혹은
이미 마음은 죽고 아직 몸은 살아 남은 사람들이
낮게낮게 엎드려 발자국 소리를 듣던
바로 그 밑바닥이었다는 듯이, 혹은
그 身熱과 오열의 밑 모를 심연이라는 듯이,
목숨의 횡경막을 표시하는 黃色線이 중앙으로 나
있다.
바로 그 황색선 옆 백색 ↑표 위에
백색 ×표가 그어져 있고
횡단보도에는 信號燈이 산산조각되어 흩어져 있다.
그 신호등에서 그 백색 ×표까지, 혹은
그 백색 ×표 위까지, 혹은

캔버스 밖 백색 벽 위에까지, 火急하게
지나간 듯한 정글화 자국들이
수십, 수백, 수천의 拇印들처럼
찍혀, 있다 마치, 그 길은
끝끝내 돌이킬 수 없는, 최후의 길이었다는 듯이

벽 1

예비군편성및훈련기피자일제자진신고기간
자: 83. 4. 1.~ 지: 83. 5. 31.

徐伐, 셔블, 셔볼, 서울, SEOUL

張萬燮氏(34세, 普聖物産株式會社 종로 지점 근무)는 1983년 2월 24일 18:52 #26, 7, 8, 9……, 화신 앞 17번 좌석버스 정류장으로 걸어간다. 귀에 꽂은 산요 리시버는 엠비시에프엠 '빌보드 톱텐'이 잠시 쉬고, '중간에 전해드리는 말씀,' 시엠을 그의 귀에 퍼붓기 시작한다.

쪼옥 빠라서 씨버주세요. 해태 봉봉 오렌지 쥬스 삼배권!
더욱 커졌쑵니다. 롯데 아이스콘 배권임다!
뜨거운 가슴 타는 갈증 마시자 코카콜라!
오 머신는 남자 캐주얼 슈즈 만나줄까 빼빼로네 에스에스 패션!

보성물산주식회사 종로 지점 근무, 34세의 장만섭 씨는 산요 리시버를 벗는다. 최근 그는 머리가 벗겨진다. 배가 나오고, 그리고 최근 그는 피혁 의류 수출부 차장이 되었다. 간밤에도 그는 외국 바이어들을 만났고, '그년'들을 대주고 그도 '그년들 중의 한 년'의 그것을 주물럭거리고 집으로 와서 또 아내의 그것을 더욱 힘차게, 더욱 전투적이고 더욱 야만적으로, 주물러주었다. 이것은 그의 수법이다. 이 수법을 보성물산주식회사 차장 장만섭씨의 아내 김민자씨(31세, 주부, 강남구 반포동 주공아파트 11325동 5502호)가 낌새 챌 리 없지만, 혹은 챘으면서도 모른 체해주는 김민자씨의 한 수 위인 수법에 그의 그것이, 그가 즐겨 쓰는 말로, "갸꾸로, 물린 것"인지도 모르지만, 그가 그의 아내의 배 위에서, '그년'과 놀아난 '표'를 지우려 하면 할수록, 보성물산주식회사 차장 장만섭씨는 영동의 룸살롱 '겨울바다'(제목이 참 고상하지. 시적이야. 그지?)의 미스 췬가 챈가 하는 '그년'을 더욱더 실감으로 만지고 있는 것이다.

아저씨 아저씨 잇짜나요 내일 나제 아저씨 사무실 아프로 나갈께 나 마신는 거 사줄래

커 죠티(보성물산주식회사 장만섭 차장은 '일간스포츠'의 고우영 만화에 대한 지독한 팬이다)

잇짜나요, 그리구,

어쩌구 저쩌구 해서 오늘 장만섭씨는 미스 췬가 챈가 하는 여자를 낮에 만났고, 대낮에 여관으로 갔다.

그리고 1983년 2월 24일 19:08 #36, 7, 8, 9……, 그 장만섭씨는 화신 앞 17번 좌석버스 정류장에 늘어선 열의 맨 끝에 서 있다. 1983년 2월 24일 19:10 #51, 2, 3, 4…… 장만섭씨는 열의 중간쯤에 서 있다. 1983년 2월 24일 19:15 #27, 8, 9…… 先進祖國의 서울 시민들을 태운 17번 좌석버스는 안국동 방향으로 떠나고 장만섭씨는 그 열의 맨 앞에 서 있다. 그의 손에는 아들, 장일석(6세)과 딸, 장혜란(4세)에게 줄 이티 장난감이 들려져 있다. 보성물산주식회사 장만섭 차장은 무료했다. 그는 거리에까지 들려 나오는 전자 오락실의 우주 전쟁놀이 굉음을 무심히 듣고 있다.

송송송송송송송송송송송송송송송송송
띠리릭 띠리릭 띠리리리리리리릭
피웅피웅 피웅피웅 피웅피웅피웅피웅
꽝! ㄲㅗㅏㅇ!
PLEASE DEPOSIT COIN
AND TRY THIS GAME!
또르르르륵
그리고 또 다른 동전들과 바뀌어지는

슝슝과 피웅피웅과 꽝!

그리고 슝슝과 피웅피웅과 꽝!을 바꾸어주는, 자물쇠 채워진 동전통의 주입구(이건 꼭 그것 같애, 끊임없이 넣고 싶다는 의미에서 말야)에서,

그러나 정말로 갤러그 우주선들이 튀어나와, 보성물산주식회사 장만섭 차장이 서 있는 버스 정류장을 기총 소사하고, 그 옆의 신문대를 폭파하고, 불쌍한 아줌마 꽥 쓰러지고, 그 뒤의 고구마 튀김 청년은 끓는 기름 속에 머리를 처박고 피 흘리고, 종로 2가 지하철 입구의 戰警 버스도 폭삭, 안국동 화방 유리창은 와장창, 방사능이 지하 다방 '88올림픽'의 계단으로 흘러 내려가고, 화신 일대가 정전되고, 화염에 휩싸인 채 사람들은 아비규환, 혼비백산, 조계사 쪽으로, 종로예식장 쪽으로, 중소기업협동조합중앙회 쪽으로, 우미관 뒷골목 쪽으로, 보신각 쪽으로

그러나 그 위로 다시 갤러그 3개 편대가 내려와 5천 메가톤급 고성능 핵 미사일을 집중 투하, 집중 투하!

한다면,

'日出'이라는 한자를 찬, 찬, 히,
들여다보고 있으면

▲ 우에
▲
그 上上峯에
⊙ 하나
그리고 그 ▲ 아래
▼ 그림자
그 그림자 아래, 또
▼ 그림자,
아래
다닥다닥다닥다닥다닥다닥다닥다닥다닥다
凹凸한 지붕들, 들어가고 나오고,
찌그러진 △□들, 일어나고 못 일어나고,
찌그러진 ⇕우들
88올림픽 오기 전까지의
新林山 10 洞 B 地區가
보인다
"해야 솟아라 지난 밤 어둠을 살라 먹고 맑은 얼
굴 고운 해야 솟아라"
솟지 마라

原註: 따옴표 안에 인용된 구절이 朴斗鎭「해」의 일
부라는 것을 밝히는 것 자체가 불경이다. 그러나 나
의 불경은 소년 시절엔 전편을 암송했던 이 시를 모
조리 까먹었다는 데 있지도 않고, 겨우, 혹은 무의
식적으로, 생각난 이 구절이 과연 맞게 인용된 것인
지 더 이상 확인하려 하지 않는다는 데 있다. 기억
이여, 제발 맞아라! 정말 눈물겹도록 이 日出이.

第一回 金洙暎 文學賞

그래도 이런 스캔들이라도 있어서 좋다
그래도, 아니, 스캔들이니까 더욱 좋다
그리고 이것이 스캔들이니까 더욱 좋다
그리고 이 스캔들은 그의 생애의 스캔들이다
박모와 이모를 까고 여편네 몰래 美女를 만나고 오입하고
남이 상 받으면 쫓아가서 깽판이나 놓고
남방 셔츠 호주머니에 돈이 있는 게 빤히 비쳐도
술값 한번 안 내었던
그의 잡음이, 거제도 포로 수용소에서 간호원과 거즈나 접고
장당 이삼십 원하는 번역질을 하고
양계장을 하고 실패하고
직장 알아보러 아침에 나가면서 어머님께 인사하고
"애야 넌 외국엘 나가야 필 운이래드라"
그래서 마누라와 싸우고
가족을 증오했던, 그의 도덕성, 반동성보다, 난 더 좋다
난 그게 더 좋다

요즘처럼 삼엄한 세상에
문학평론가이자 국립대학교 교수인 사람 1과 문학
평론가이자 국립대학교 교수인 사람 2가,
문학평론가이자 사립대학교 교수인 사람 3과 시인
이자 국립대학교 교수인 사람 4,
그리고 유가족들이 한자리에 앉을 수 있다는 것,
그들을
한자리에 앉게 했다는 것, 그것도
그의 업보지 잘못 아니다
그의 업적은, 그의 균열은
제1회 수상자 시인으로도 메꿀 수 있다,
없다가 아니다
그 균열이 넓어지도록
좀더 벌어지도록 무너지도록
그의 풀잎의 눕고 일어서는 계시록적 단순 동작이
보일 때까지, 그의 한없이 넓어지는 소음에
사다리를 떼는 일이리라
詩의 사다리를 떼는 일이리라

5월 그 하루 무덥던 날

드디어, 야구장 안으로 소주병이 날아 들어오고 난리다.

숫제 윗옷을 벗어버린 두 청년은 114M 외야석에서 구장으로 뛰어내린다.

라디오 아나운서와 해설자는 혀를 차면서, 중계하고 훈계하고 경고한다.

"여기는 어디까지나 교육의 연장입니다. 학생 야구에 성인들이 저런단 것은 용납할 수 없는 처삽니다. 스포츠 정신이란 게 뭡니까? 룰에 대한 절대적인 복종 아닙니까? 네네, 그렇습니다. 경기는 일단 중단됐습니다만, 아 지금 경비원들이 외야 쪽으로 가고 있군요."

주심에게 항의하러, 외야 쪽에서 홈으로 달려들어온 한 휴가병은, 전경 경비대에 그대로 안긴 채 들려나간다.

관중들은 그에게 박수를 보낸다.

장내 방송 여자 아나운서가 사나운 음성으로 계속 꾸짖어대고 있다.

"파울선에 내려와 있는 분들도 빨리 나가주세요!"

다시 남자 목소리가 튀어나온다.

'慶北高—光州一高, 숙명의 격돌'이라고, 정말 대문짝만하게 '미다시'를 뽑은 '日刊스포츠'로 모자를 만들어 李선배와 나는 하나씩 머리에 썼다.

李선배와 나는 안타 하나에 딱 한 잔씩만 하기로 한 소주를 공평하게 다 마셔버렸다.

"아마, 제 목숨이 하나뿐이라는 사실을 잊어버린 사람들도 다 저런 사람들이었을거야."

나는 李선배의, 싼뿌라찌를 해박은 송곳니에 햇빛이 반사하는 것을 보았다.

그는 웃고 있다.

나도 웃고 있다.

在京慶北高等學校同門應援團 쪽은, "잘 가세요 잘 있어요"를 부르며, 징을 치며, 북을 치며, 그쪽은 그쪽대로 난리다.

李선배는 그쪽으로도 박수를 보낸다.

무엇에든 집착하지 않는 그의 천성을 나는 매우 존경한다 : 그는 경쾌하고 경솔하다.

그런 그가 어느 해 봄날, 반포, 그의 아파트 앞 상가 켄터키치킨 집에서

"우리 모두 가서 죽어버리자"고 울음을 터뜨렸을

때도 나는 그를 불신하진 않았다.

"광주일고는 져야 해! 그게 포에틱 자스티스야."

"POETIC JUSTICE요?"

"그래."

李선배는 나의 몰지각과 무식이 재밌다는 듯이 씩 웃는다.

그의 물기 젖은, 싼뿌라찌 가짜 이빨에 햇빛이 반짝거렸다.

나는 3루에서 홈으로 生還하지 못한, 배번 18번 선수를 생각하고 있었다.

호 명

관 번호 104: 실현 불가능한 이 증오가 실현 가능
한 사랑이 될 때까지

검시 번호 A-13: 그 비가시적 사랑이 비로소 가시
적 부활이 될 때까지

묘지 번호 115: 이름 없는 그대여

이름 없는 그대여 이름 없는 그대여

이름 없는 그대여 이름 없는 그대여

이름 없는 그대여 이름 없는 그대여

이름 없는 그대여 이름 없는 그대여

이름 없는 그대여 이름 없는 그대여

이름 없는 그대여 이름 없는 그대여

이름 없는 그대여 이름 없는 그대여

이름 없는 그대여 이름 없는 그대여

이름 없는 그대여 이름 없는 그대여

이름 없는 그대여 이름 없는 그대여

아무도 미워하지 않는 자의 죽음
—— 잉게 숄 著·박종서 譯·靑史·188면·값 1,900원

"어머니 오셨어요?"
"오냐, 잘 지냈니?"
"네."

(사이 ……말없음)

"얘야, 내일이면, 네가 그 자리에 없겠구나."

묵념, 5분 27초

도대체 시란 무엇인가

　나는 시를, 당대에 대한, 당대를 위한, 당대의 유
언으로 쓴다.
　上記 진술은 너무 오만하다(　)
　위풍 당당하다(　)
　위험천만하다(　)
　천진난만하다(　)
　독자들은 (　)에 ○표를 쳐주십시오.
　그러나 나는 위험스러운가(　)
　얼마나 위험스러운가(　)
　과연 위험스러운가(　)에 ?표 !표를 분간 못 하겠
습니다.
　不在의 혐의로 나는 늘 괴로워했습니다.
　당신은 나에게 감시당하고 있는가(　)
　당신은 나를 감시하고 있는가(　)
　독자들이여 오늘 이 땅의 시인은 어느 쪽인가(　)
　어느 쪽이어야 하는가(　) ○표 해주시고 이 물음
의 방식에도 양자택일해주십시오.
　한 시대가 가고 또 한 시대가 왔지만
　우리가 우리의 동시대와 맺어진 것은 악연입니다.
　나는 풀려날 길이 없습니다 도저히, 그러나,

한 시대를 감시하겠다는 사람의 외로움의 질량과
가속도와 등거리도 양지하여주시기 바랍니다.
죄의식에 젖어 있는 시대, 혹은 죄의식도 없는 저
뻔뻔스러운 칼라 텔레비전과 저 돈범벅인 프로 야구
와 저 피범벅인 프로 권투와 저 땀범벅인 아시아 여
자 농구 선수권 대회와 그리고 그때마다의 화환과
카 퍼레이드 앞에,

다섯 살 난 한 아이가 공터에서 힘껏, 돌을 던진다. 그의 온몸을 전달받은 돌은 그로부터 가장 먼 세계 끝에 떨어진다. 어디까지가 끝이어요, 아빠? 얼마나 남았어요, 엄마? 다섯 살 난 아이는 머리를 땅바닥에 닿을락말락 대고 자기의 가랑이 사이로 빤히, 바라다본다. 여기가 어딜까? 왜 내가 여기에 있을까? 길 건너 새마을 식료품점 쪽에서 다가오는 세발자전거 한 대가 막, 하늘로 離陸하려 했다. 토끼풀들이 천, 편, 일률적으로 4, 5cm씩 위로 들어올려놓은 綠陰 하늘로,

숙자는 남편이 야속해
——KBS 2 TV · 산유화 (하오 9시 45분)

길중은 밤늦게 돌아온 숙자
에게 핀잔을 주는데, 숙자는
하루종일 고생한 수고도 몰
라주는 남편이 야속해 화가
났다. 혜옥은 조카 창연이
은미를 따르는 것을 보고 명
섭과 자연스럽게 이야기를
나누게 된다. 이모는 명섭과
은미의 초라한 생활이 안쓰
러워……

어느 날 나는 친구집엘 놀러
갔는데 친구는 없고 친구 누
나가 낮잠을 자고 있었다.
친구 누나의 벌어진 가랑이
를 보자 나는 자지가 꼴렸
다.
그래서 나는……

다음 진술들 가운데 버트란트 러셀卿의
‘확정적 기술’을 포함하고 있는 것은

낫 놓고 ㄱ도 모른다.

내가 꽃에게 다가가 ‘꽃’이라고 불러도 꽃이 되지
않았다. 플라스틱 造花였다.

암버마제비는 교미 후 수컷의 목을 잘라 죽여 먹
어버린다.

지난 2월 31일 우리나라를 방문한 중앙 아프리카
라콜카코 공화국 대통령 아카라카치 아카라카쵸쵸氏
는 곱슬머리이거나 곱슬머리가 아니다. 一年前 그는
육군 상사였다.

四季節 全天候 金星 韓國型 冷藏庫 안의 거대한
빙산이여, 환한 얼음 속, 新生代의 魚族이 뜬눈으로
잠들어 있다.

모든 사건은 그 원인을 갖는다.
"유신체제 철폐하라!
박정희는 물러가라!
언론인은 반성하라!
구속학생 석방하라!
노동3권 보장하라!"

校門은 닫혀 있었다.

하늘에 계신 우리 아버지…… 뜻이 하늘에서 이루어진 것 같이 땅에서도 이루어지이다.

아부지이——이년아, 어쩔라고 날 버리고 가느냐, 이년아, 널 잃고 내가 눈 뜬들 무슨 소양이 있것느냐, 못 간다 못 가아——허이 조타아.

　고로 피고에게 징역 8년과 자격 정지 8년을 선고한다.

　형사 기동대 차량이 경적을 울리며 쏜살같이 질주하는 오늘 오전 11시 30분 용산 美8軍 본부 앞에서 사람들은 우두커니 서서 신호등이 바뀌기만을 기다리고 있었다.

　ㄱ놓고 낫도 몰라!

採石江까지 걸어가면서

二月, 茨蘇寺 內景에 들어서야 나는 문득 還俗詩
人 高銀氏를 생각했다. 그는 혹시, 入寂해버린 것이
아닐까? 採石江까지 걸어가면서 나는 내내 그 생각
이다. 二月, 내 마음속 썰렁한 마당에 들어와 있는
茨蘇寺 百濟塔 一點이 찬물에 깎이어간다. 발목이
시리고 살이 아프고 귀가 에이고 그러나 세상은 너
무 고요하고,

파 리 떼

파리는 나비가 아니다
파리는 나는 것보다 빨리 와서 붙는다
붙어 먹는다
벽에 천정에 바닥에
사람의 입술에
사람의 똥에
사람의 밥에
달라붙어서 침 뱉고 욕하고 살살 빌고
뒤로 돌아서 다시 침 뱉고 욕하고
오줌 똥 찍 갈겨놓고
횡
날아가버린다
나는 것보다 더 빨리 와서 도로 붙는다
벽에
천정에
바닥에
입술에
똥에
밥에

그리고 고등학교 국어 교사인 鄭선생은 그의 아내
와 어린것들 생각 때문엔지, 가끔 벽 쪽으로 돌아누
워, 몰래, 우는 것 같다, 오늘도 그는 가족들이 넣
어준 돼지불고기를 먹다가 갑자기, 울음을 터뜨린
통에, 함께 식사하던 申교수와 崔교수는 잠시 젓가
락을 놓아야 했다, 그의 울음이, 나는 비위에 거슬
렸다, 너무 슬프면 화가 난다, 나는, 그만하시고 빨
리 드세요, 무뚝뚝하게, 말했다, 그는 굵은 눈물을
손등으로 문지르면서, 죄송합다, 죄송합다, 드세요,
하면서, 오늘 낮 가족들이 넣어준 돼지불고기를, 다
시 먹기 시작한다, 오늘 그가 나갔다 들어왔을 때
는, 왼쪽 귀가, 벌겋게 되어 있었다,
　매일 아침 우리는 따로따로 불려나갔다 늦게 들어
왔다, 그것을, 申교수는 '아침의 세리모니'라고 불
렀다, 그는 하이델베르크 박사다, 목숨 걸고 박사따
온 그에게는, 상황 자체가, 모독일 수 있으리라, 어
제 그는 그의 세리모니를 마치고 돌아온 뒤부터 일
체 말이 없다, 자정이 넘도록 그는, 눈 한번 깜빡이
지 않고 어두운 벽만 응시하고 있다, 언제나 그가
도맡다시피 한 마루 청소도 하지 않았고, 그의 일과

의 대부분을 차지했던 던힐 파이프 소제도 하지 않
는다, 그는 어떤 깊은 수치심에 빠져 있는 것 같았
다, 그렇지 않으면, 분노와 반성의 느린 신진대사를
하는 중일까, 돌아온 것을 후회하고 있는 것일까,
오늘도 그는 面壁에 들어가 있다,

  내가 돌아와 자리에 쓰러지면 그는 맨 먼저 달려
와 옷을 벗기고, 마치, 상처받은 짐승을 다루듯, 조
심스럽게 나를 다루어주곤 했다, 확실히, 그에게는
인간적 의무에 대한 거의 완전한 동정심이, 그의 서
구적으로 쎄련된 코스츔 위에 놓일 때의 두드러진
장점이 있었다, 崔교수가, 누워 있는 나에게, 日本
格言에, 젖은 자는 비를 두려워하지 않는다, 는 말이
있어요, 했을 때도 그는, 왜 비에 젖어야 합니까,
우산이 있는데, 하고, 꼭 어린애같이 항변한 적도
있다, 그에게는 부인할 수 없는, 행복한 이상주의가
아직도 남아 있다, 한번도 젖어본 적이 없는 40대
다,

  崔교수는 스스로도, 부끄러운 세대라고 말하는 50
대다, 6·25 당시 전쟁을 피해, 부산서 부두 노동을
하면서 공부한, 도덕보다 목숨이 앞섰던 死活的 상

황을 무시히 통과한, 스스로도 부끄러운 세대라고 말하는, 그에게는, 그래서 어딘가 입지전적인 데가 있다, 그의 상황은, 윤리적으로가 아니라, 현실적으로 구성되어 있었다, 『分斷狀況과 歷史意識』, 創造와 批判社, 서울, 1976년을 저술한 그는 어떤 의미에서는, 사학자가 아니다, 그는 역사가다,

네 사람이 누우면 꽉 차는 마룻바닥에 이렇게 퍼져 있으면, 흡사, 끝없이 어디론가 떠내려가고 있는 뗏목에 누워 있는 것 같다, 이 뗏목은 지금, 어디로 흘러가고 있을까요, 선생님, 崔교수는 읽던 책에서 얼굴을 들어올리고 한참 동안 천정을 본 다음 다시 책 속에 얼굴을 묻는다, 글쎄요, 제자리 아닙니까, 지금 그는 나에게 빌린 朴景利, 『土地』, 知識産業社, 서울, 1980, 제Ⅱ부 「간도편」을 읽고 있다, 어때요, 대화재 후 서희는 목재 장사로 다시 돈을 긁지요, 홍이네는 갈수록 악만 바락바락 쓰고요, 월선이는 갈수록 꽃피지요, 길상이가 혼자서 흑룡강가를 바람맞으며 걷는 모습 보여요, 송장환의 역사 의식에 대해 한 말씀, 지리산과 간도는 어떻게 이어지나요, 이 부사는 벌써 연해주로 갔나요, 일본 간 그의

아들 이상현은 어떻게 지냅니까, 안부하세요, 봉순이는 기생 되고요, 유생 김훈장은 이제 늙고 초라해지고요, 용이는 벌목하러 산에 들어가고요,

　장승백이 삼거리에는, 봉천동 방면과 신림동 방면을 화살표로 갈라놓은 이정표가 걸려 있다, 그 奉天을 볼 때마다 나는, 가슴이 설레었다, 아, 나는, 몇 번이고 마음의 두만강을 건너간다, 그 푸른 물, 그 모래 바람, 그 갈대밭을 마음으로만 건너간다, 도대체 어떤 자들이 고향을 버리고 처자식 노부모를 버리고 제 목숨까지 버리고 그 기약 없는 길로 떠났을까, 이름없이 얼음 속에 육신을 묻은 그들은 대체 어떻게 생겨먹은 사람들일까,

　어디선가 플라타너스 잎이 한차례, 요란하게 흔들리는 소리가 들려왔다, 나의 발자국이 묻지 않은 地上은 어느새 여름으로 옮겨가 있다, 地層에 끼인 새우 化石같이 잔뜩 등 구부린, 鄭선생은 이제 세상 모르게 자고 있다, 훅훅 찌는 낮에는 극성스럽게 달라붙던 파리들도, 30촉짜리 전구에, 천정에, 벽에, 바닥에 붙어 있다, 곤충에게도 잠이 있을까, 나는 담뱃불을, 벽에 붙은 파리 한 마리에 가만히, 대어

갔다. 내 손 끝이 닿기도 전에 파리는, 꼭 돌벽에
빗맞은 총알처럼 피웅 휘어 날아가버렸다. 그 파리
는 나비가 아니요, 김형, 갑자기 申교수가 깔깔대며
웃었다. 그때야 나는 그가 뚫어져라 바라보고 있던
그 벽에 파리가 붙어 있었던 사실을 깨달았다. 그러
나, 나는 그것으로 그의 默言이 깨진 사실에 더 놀
라워 그를 보고, 崔교수 쪽을 한번 보았다. 손과 날
개는 相似 기관이 아닌가요, 崔교수가 반문했다.

西風 앞에서

마른 가지로 자기 몸과 마음에 바람을 들이는 저 은사시나무는, 박해받는 순교자 같다. 그러나 다시 보면 저 은사시나무는, 박해받고 싶어하는 순교자 같다.

제1한강교에 날아든 갈매기

이름도 알 수 없는 간밤의 수많은 간이역들을 깨
우고 달려온 목포발 보통열차가 막 철교를 통과하여
용산역으로 들어가던 오늘 아침,
그보다 빠른 속도로 그 옆을 먼저 비켜 달려간 성
북행 전철이 러시아워대의 지하 서울로 기어 들어가
던 오늘 아침,
그리고 신경질나게 느린 속도로 사육신 묘지 앞을
지나 밀리고 밀린 제1한강교로 들어서는 오늘 아침,
나는 보았다 출근길 시내버스 속에서, 남자 여자
할 것 없이, 얼굴도 알 수 없는 사람들의 둔부와 치
골이, 치골과 둔부가, 둔부와 둔부가, 치골과 치골
이 서로 곤두서게, 빽빽하게 맞닿은 사이에서
나는 보았다
제1한강교 철제 아치 사이로 날아든 갈매기 한
마리
를 나는 보았다 보았는데
서울역, 갈월동, 남영동 미8군 본부 앞에서부터
노량진까지 차량이 밀려 있는
인내와 순종과 관용과 무관심과 체념과 적응력의
이 긴 대열 속에서

이 연체의 시간 속에서

일천구백오십년 북으로부터 남하하기 시작한 피난
민들과

일천구백육십일년 남으로부터 북상했던 해병 제공
공사단 병력들이

내려오고 올라갔던 제1한강교, 철제 아치 위를 유
유히 지나 동부 이촌동과 반포 아파트 쪽으로 가고
있는 갈매기 한 마리를

보았는데, 나는 그것이

꼭 그의 죽음의 자기 예고의 풍향과 관계가 있다
고는 생각지 않았지만

저도 먹고 살려고 바둥대다보니까 여기까지 왔겠
지, 라고만 생각했지만

그는 잘못 날아가고 있었다

그는 잘못 날아왔었다

그는 잘못 날아가고 있었다

그는 잘못 날아왔었다

아, 이렇게 정지된 순간에, 제1한강교에서 반포
아파트 쪽으로 바라본 한강은

얼핏 보면 바다 같고

자세히 보면 사이비 바다다

장산곶, 백령도 용기포, 대청도, 장자도, 소연평
도, 주문도, 교동도……

혹은 어청도, 궁시도, 흑도, 가덕도, 백아도, 선
미도, 소야도, 장봉도……

혜화동 영세 출판사 사무실에 붙은 백만분지 일
우리나라 지도에서 나는 그의 海圖를 찾는다.

‘제1한강교에 날아든 갈매기’의
詩作 메모 1

시장 바닥을 오르내리면서 며칠 전, 나는 따뜻한 봄날의 볕을 받고 있는 병아리 두 마리를 1백 원씩 주고 샀다. 아이들에게 나는 ‘살아 있는 장난감’으로서의 自然을 선물했다. 노란 솜털이 보송보송하게 돋은, 이 살아 있는 물체를, 그런데 나의 아이들은 손도 못 대고 무서워한다. 내가 아이들의 손을 잡고 억지로 병아리의 부리와 발톱에 대주어도 나의 아이들은 그 비공격성에도 불구하고, 살아서 꿈틀대며 마구 삐약거리는 이 물체를 소름끼치게 싫어했다.

라면 박스 속에 넣어 하룻밤을 내 방에 재운 뒤, 아침에 일어나 들여다보니 병아리 두 마리는 두 다리를 꼿꼿하게 뻗고 목을 길게 늘어뜨리고 죽어 있었다. 병아리의 사체를 들어올리면서 그때야 나는 거기에, 아주 작은 날개가 달려 있었다는 것을 발견했다.

'제1한강교에 날아든 갈매기'의 詩作 메모 2

날마다 건너는 것인데도
강을 건넌다는 것은
목숨을 거는 일 같다
철교 아래 水位대 눈금을 세는 일도
강가에 버려진 이 짬뽕 문명의
수명을 재는 일 같아
아, 언제 洪水의 날이 올까, 벌받을 것만 같다
하루하루의 渡江도 이렇게
숨막히고 숨가쁜데
날마다 건너는 것인데도
강을 건넌다는 것은 그때마다
자기 목숨을 한 번씩 재는 일 같다

목마와 딸

우리 집으로 오는 길은 시장이 있고 그 길로 한 백 미터쯤 위로 올라오면 호남 정육점이 있는데요, 거기서 오른쪽 생선 가게 있는 샛길로 올라오면 신림탕이라고 공중 목욕탕이 있고요, 그 뒤 공터에 소금집과 기와 공장이 있지요. 소금집은 루핑으로 지붕을 얹은 판잣집인데요, 거기서 다시 연립 주택이 있는 골목길로 쭉 타고 올라오면 여덟번째 반슬라브 가옥이 바로 우리집이지요. 이 집에서 나는 번역도 하고 르포도 쓰고 가끔 詩도 쓰면서 살지요. 마누라가 신경질 부리면 다섯 살 난 딸을 데리고 소금집 공터에 나와 놀지요. 공터의 큰 포플러나무 그늘에 앉아 노인들은 화투를 치고.

어떤 날은, 리어카에 목마 여섯 대를 달고 아이들에게 백 원씩 받고는 한 이십 분이고 삼십 분씩 태워주는 할아버지가 그 그늘 아래로 오지요. 나는 환호하는 딸을 하얀 백말에 앉혀주고 그 하얀 백말의 귀를 잡고 흔들어주지요. 아, 나의 아름다운 딸은 내 눈앞에서, 네 발을 묶은 용수철을 단방에 팍 끊고 튀어가는 듯하지요. 말갈기를 흩날리며 나의 아름다운 딸은 기와 공장에서 불어오는 모래 바람 속

으로, 아, 노령 연해주 땅으로, 멀고 안 보이는 나
라로 들어가버린 듯하지요.

남동생 찾습니다 한원택 43세 1·4후
퇴시 함북 청진에서 월남 대구에서 해
여짐 머리에 흉토 있음 누나 한순옥

입 있는 자 말해주세요, 말 돼요?
눈 있는 자 보세요, 보여요?
귀 있는 자 들어요, 들리나요?
아 그대들은 보았으리 들었으리
상처로 사람이 만난다는 것을
상처 때문에 사람이 다시 만날 수 있다는 것을
그러나 그대들은 내가 당한 상처에 만세할 테예
요? 기념 촬영하는가요? 쇼쇼쇼입니까?
10살의 나이로 맨발로 내가 찾아 헤맨 동성로 겨
울밤 짐작이나 하세요? 美軍이 상륙하고, 왜들 이래
요? 다시 중공군이 와글와글 내려오고, 이게 무슨
짓들이에요?
추워요, 배고파요, 보고 싶어요,
가혹한 시대로 내몰려진 어린것들
책임져요!
누가 책임지나요?
거기 책임자 있어요? 나와주세요!
흉터 보여주세요!
나는 날마다 치유받았어요, 눈물로
나는 날마다 소복을 입어요, 고통의

아 나는 날마다 아프고 날마다 울어요
세상에서 가장 가련한 년
나는 이 세상의 맨 밑바닥에 있어요
한시택시 모는 남편도 몰라요 아이들도
상처는 상속되지 않나봐요
무책임한 시대에는요
뭐가 뭔지 모르겠어요, 난 학교도 못 나왔어요,
무식한 년이에요
그러나 이걸 적어 붙인 여의도 KBS본관 벽 앞에
서 나는 또 얼마나 울었는지 얼마나 서러웠는지 억
울했는지
망쳐버린 숙명들 앞에서!

233 이름도 모른 부모 형제 찾습니다 저
는 어린 시절 건이라 불러 그저 건이라고만
한답니다 그리하여 부모 찾는 데 힘이 들지
요 권대건 아버님 본관 ① 권 ② 정 ③ 공
본인 생년 1944~45년 6·25 서울 종로에서
만나 1·4 후퇴 때 트럭으로 부산 민락동
피난 그곳에서 가족과 헤어짐

한국생명보험회사 송일환씨의 어느 날

1983년 4월 20일, 맑음, 18℃

토큰 5개 550원, 종이컵 커피 150원, 담배 솔 500
원, 한국일보 130원, 짜장면 600원, 미스 리와 저녁
식사하고 영화 한 편 8,600원, 올림픽 복권 5장
2,500원.

표를 주워 주인에게 돌려
준 청과물상 金正權(46)

령=얼핏 생각하면 요즘
세상에 趙世衡같이 그릇된

셨기 때문에 부모님들의 생
활 태도를 일찍부터 익혀 평

가하는 것이 더욱 중요한 것
이다. (李元柱군에게) 아

임감이 있고 용기가 있으니
공부를 하면 반드시 성공

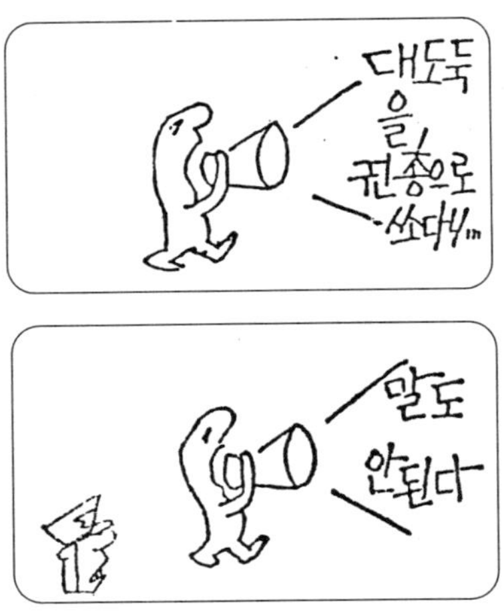

대도둑은 대포로 쏘라

———안의섭, 두꺼비

(11) 第10610 號

▲ 일화15만엔(45만원)　▲ 5 · 75캐럿물방울다이어1개
(2천만원)　▲ 남자용파텍시계1개(1천만원)　▲ 황금목
걸이5돈쭝1개(30만원)　▲ 금장로렉스시계1개(1백만

원) ▲5캐럿에머럴드반지1개(5백만원) ▲비취나비형브로치2개(1천만원) ▲진주목걸이꼰것1개(3백만원) ▲라이카엠5카메라1대(1백만원) ▲청자도자기3점(싯가미상) ▲현금(2백 50만원)

너무 巨하여 귀퉁이가 안 보이는 灰의 왕궁에서 오늘도 송일환씨는 잘살고 있다. 생명 하나는 보장되어 있다.

이준태(1946년 서울生, 연세대 철학과 졸, 미국 시카고 주립대학 졸)의 근황

니까. 여기에 있다는 게 챙피해. 모독감 때문에 온몸이 부르르 떨린다구. 이젠 말도 안 나와. 벨이 울리고 있잖아. 예감의 모르스 부호야. 휴즈가 녹고 있나봐. 어서 나가봐. 아냐 수화기가 잘못 놓였군. 통화가 안 돼. 사고의 문법이 없고. 생활비가 너무 비싸. 기성복이 10만 원이나 돼. 구두도 뉴욕에선 한 켤레 50달러면 최고급이라구. 서울선 어림없어 어떻게 해야 무의미해지지? 지긋지긋하다는 말도 지긋지긋해졌어. 생각하기도 싫단 말야. 고상한 소파에 푹 파묻혔으면! 잠이나 실컷 자야겠어. 돼지같이. 머리가 너무 복잡해. 파내어버렸으면 좋겠어. 가끔, 발목에 쇠고랑을 채워 나를 공중에 매어놓는 걸 상상한다구. 거꾸로 매달려 죽은 몸으로 흔들리고 싶어. 정육점 고기들처럼. 오늘 아침에 보았단 말야. 서울의 근교에서 탱크 방어선 너머로 하얀 장의차 한 대가 빠져나가드군. 버리러 가는 거지. 알지? 답해! 좋게 불 때 불어버리라구 한국 사람들은 너무 집착해. 불합리하다구. 불편한 부족들 이야. 피도 눈물도 없는 놈! 웬놈의 거리에는 슬로건이 많지? 어쩔 수 없어. 난 부정하면서도. 한국사의 정체성을 믿어. 아, 버림받은 모눈 눈금 위에 태어난 게 분해. 시력이 나빠질수록 문맹에 가깝지. 속지 마! 속이

> 사람이 산다
> 사람은 산다
> 살아 있는 날만
> 그리고 大腦와
> 性器 사이에
> 사람들 세상이 있다

울렁울렁해. 어느 수챗구멍에 이걸 게우지? 만병 통치약은 독약이야. 난 날마다 소량을 삼킬 따름이지.니코틴이 허파꽈리를 다 메웠나봐. 상수도 배관에 농이 가득하군. 청둥오리들이 한강 폐유 속에 머리를 처박고 먹이를 뒤지는 모습 앞에 눈물을 흘린 적이 있는 사람이 있을까 몰라. 아냐 군대 있을 때 일이야. 동두천서 성병 걸린 신병이 벙커 속에서 수류탄으로 제 몸을 날려버렸지. 얌전한 신학대 학생이었어. 난 축도했어. 아, 그런 순간만이 내가 살아 있는 것 같애. 그러나 나방은 징그러워. 나쁜 혼이 찾아오는 것 같애서. 제발 무슨 충격적인 일이 없을까? 여자를 개같이 엎드려놓고 성교하고 싶어. 침 뱉을 거야? 추악이 즐겁지? 너를 신고할 테다. 제발 그래 줬으면 고맙겠어. 확인해주니까. 확인해주니까. 확인해

活路를 찾아서

나갔다. 들어온다. 잠잔다. 일어난다.

변보고. 이빨 닦고. 세수한다. 오늘도 또. 나가
본다.

오늘도 나는 제5공화국에서 가장 낯선 사람으로.

걷는다. 나는 거리의 모든 것을.

읽는다. 안전 제일.

우리 자본. 우리 기술. 우리 지하철. 한신공영 제
4공구간. 국제그룹 사옥 신축 공사장. 부산뉴욕 제
과점.

지하 주간 다방 야간 맥주홀. 1층 삼성전자 대리
점. 2층 영어 일어 회화 학원. 3층 이진우 피부비뇨
기과의원. 4층 대한예수교장로회 선민중앙교회. 5층
에어로빅 댄스 및 헬스 클럽. 옥상 조미료 광고탑.

그리고 전봇대에 붙은 임신·치질·성병 특효약
까지.

틈이 안 보이는데. 들어가면.

또 틈이 있는 벽보판까지

그리고. 낯선 사람 살펴보고 수상하면 신고하자.

까지. 아 하루종일 육교에.

빗과 손톱깎이와 혁대와 귀밥파기와 손수건과 동

전 지갑을 놓고 앉아 있는.

　노파의 日賃 2천 원 내지 3천 원의 現世를.

　나는 건너왔다.

　도합 2만 원도 안 될 좌판을 들고.

　단속반에 쫓기는. 아아 현세여. 아아아 육교여.

　아아아아 현세의 척추가 휘청휘청하다.

　아아아아아 현세의 다리가 후들후들하다.

　거리는 미래가 안 보이고.

　미래가 빤히 보인다.

　좆도 뭘 모르면서. 재잘거리고.

　조잘거리고 소곤거리고 쌕쌕거리고 헉헉거리는.

　거리는 女色이 가득하다. 썩기 전에.

　잔뜩 달아오른 화농처럼. 부강한 근육이.

　타워 크레인이. 철근 하나를 공중 100M 높이로
끌어올리고 있다.

　아아아아아아 나는 무모성을 본다. 근면과 광기.
성실과 맹목. 나는 보고 또 보고.

　굴착기는 맹렬하게 아스팔트를 뚫고. 자갈을 뚫
고. 암반을 뚫고.

　정신없이 퇴적층을 퍼올리는 포크레인이 그러나.

의외로 곱고 새하얀 그 순결한 흙을 퍼올리는 포
크레인이

지하 20M에 있다는 것은.

열정도 신념도 아닌. 연민이라는 것을.

아는 사람으로서 나는.

하지만 세상을 연민으로 바라보는 것을 자제해야
한다는 것을.

아는 사람으로서 나는. 그러나

아아아아아아아 가엾어라. TNT 사제 폭탄을 들고
은행엘 쳐들어간 청년은 자폭했고(중앙일보 9월 2
일자).

술집 호스티스는 정부에게 알몸으로 목졸려 죽었
고(한국일보 6월 15일자).

방범대원은 한밤에 강도로 돌변하고(경향신문 12
월 7일자).

아들은 술 취한 아버지를 망치로 내리쳐 죽이고
(서울신문 4월 11일자).

노름판을 덮친 형사가 판돈 몽땅 꼬불치고(MBC
라디오 12시 뉴스 7월 26일자).

교사가 여학생을 추행하고(조선일보 11월 30일자).

신흥사 주지들 칼질 몽둥이질(KBS 제2라디오 8월
3일자).
디스코홀서 청소년들 집단적으로 불타 죽고(연합
통신 4월 14일자).
前 중앙정보부 차장이 억대 사기를 치고(동아일보
3월 6일자).
아 세월은 잘 간다.
눈먼 세월. 잘 간다.
나는 손 한번 못 댄 세월. 잘 간다.
아직 오지 않은 사고와 사건과 사태와 우발과 자
발과 불발의 세월. 속으로.
잘 간다.

㉝ 청량리―서울대

기껏 토큰 한 개를 내미는 나의 무안함을
너는 모르고
졸고 있는 너의 야근과 잔업을
나는 모르고
간밤엔 빤스 속에 손 한번 넣게 해준 값으로
만 원을 가로채간 년도 있지만
지금 내가 내민 손 끝에 光速의 아침 햇살, 빳빳
하게 밀리고 있구나
참 멀리서 왔구나, 햇살이여, 노곤하고 노곤한 지
상에,
그 햇살 받으며 빨간 모자, 파란 제복,
한남운수 소속, 너의 이름, 김명희
너의 가슴에 단
'친절·봉사'의 스마일 마크를 물끄러미 내려다보
고 있는 나를
모성의 누이여 용서하라
나는 왜 이러는지 세상을 자꾸만
내려다보려고만 한다 그럴 적마다
나는 왜 그러는지 세상이 자꾸만
짠하고, 증오심 다음은 측은한 마음뿐이고, 아무

리 보아도
  그것은 수평이 아니다 승강구 2단에 서서
  졸고 있는 너를 평면도로 보면
  아버지 실직 후 병들어 누움,
  어머니 파출부 나감,
  남동생 중3, 신문팔이
  生計는 고단하고 고단하다
  뻔하다
  빈곤은 충격도 없다
  그것은 네가 게으르기 때문이다?
  너의 아버지의 무능 때문이다?
  너의 어머니의 출신 성분이 좋지 않아서이다?
  네가 재능도 없고 지능이 없어서이지 악착 같고
통밥만 잘 돌려봐?
  그렇다고 네가 몸매가 좋나 얼굴이 섹시하나?
  TIME誌에 실린 전형적인 한국인처럼, 몽고인처럼
  코는 납짝 광대뼈 우뚝 어깨는 딱 벌어져 궁둥이
는 펑퍼져 키는 작달
  아, 너는 욕먹은 한국 사람으로 서서
  졸고 있다

일하고 있다
그런 너의 평면도 앞에서
끝내는 나의 무안함도, 무색함도, 너에 대한 정
치·경제·사회·문화적 모독이며
나의 유사—형제애도, 너에 대한 정치·경제·사
회·문화적 속죄는 못 된다
그걸 나는 너무 잘 안다
그걸 나는 금방 잊는다

몸부림

꼭, 일년생 풀의 生涯 같다
벼랑에 서서 어쩌다가 사는 것이, 이판사판되었는
지
막 간다 막 나간다
너 죽고 나 죽자고
뒤엉켜 나자빠져
이 앙당 물고
못 살아 못 살아 이 웬수야
이 사지를 찢어죽일 놈아
헝클어진 머리카랑일 붙들린 채
반장집 마누라 악을 쓰는데
창문으로 몰래 내다본 나는 그만,
반장집 마당 호박 넝쿨을 건드려버렸다
흔들리는 호박잎, 綠그늘 사이로
사람들이 보인다
흔들리는 호박잎, 綠그늘 사이로

벽 2
—— 낯선 시간 속으로

이 벽은 이인성 소설집, 『낯선 시간 속으로』의 표
지와 같다
이 벽은 신문이다, 보다시피
이 벽은 지방 일간지 7면 문화면이다, 보다시피
이 벽은 파스텔로 회칠한 벽이다
금이 가고
애매모호하다
냉담하고
덮어도 덮어도 다 덮여지지 않는 세속이다
이 벽 속에는 신문 소설, 『인스탄트 러브』의 달라
붙은 남녀의 삽화가 있다
이 벽 속에는 부동산 광고가 있고
이 벽 속에는 에프킬라와 제주도 관광 안내문이
있다
돈 급히 쓰실 분
댄스 빨리 배우실 분
여 종업원 금방 필요하신 분
독신녀 진실남 구하시는 분
뭐, 이런 분들도 있을 수 있지만
이 벽 속에는 보다시피, 단식 투쟁한 舊정치인의

소문이 없다
　보다시피, 원풍 毛紡의 후문도 미국인 쌀장사 이
야기도 없다
　그렇지만 이 벽은 금이 가 있다
　아 그래, 금이 가 있다
　금이 가고 가운데가 뻥 뚫리고
　그 틈틈으로 푸른 하늘 흰 구름
　아 그래, 시원한 바람
　산 위에서 부는 바람 시원한 바람
　그 바람은 좋은 바람 고마운 바람

타오르는 불의 푸르름

김　　현

　황지우의 시는 그가 매일 보고, 듣는 사실들, 그
리고 만나서 토론하고 헤어지는 사람들에 대한 시적
보고서(혹은 보고서적 시)이다. 그 보고서의 형식은
다양하다. 그 다양함은 우리가 흔히 시적 형식이라
고 믿고 있는 것들을 부숴버린다. 그 부숨이 야기하
는 놀람이 그의 시의 목표이다. 그의 다양한 형식의
보고서들은 삶의 다양성을 그대로 보여주면서, 그것
들을 해석하는 해석자의 세계관을 은연중에 노출시
킨다.

　1983년 4월 20일, 맑음, 18℃

　토큰 5개 550원, 종이컵 커피 150원, 담배 솔 500
원, 한국일보 130원, 짜장면 600원, 미스 리와 저녁식
사하고 영화 한 편 8,600원, 올림픽 복권 5장 2,500원.

표를 주워 주인에게 돌려
준 청과물상 金正權(46)

령·월핏 생각하면 요즘
세상에 趙世衡같이 그릇된

셨기 때문에 부모님들의 생
활 태도를 일찍부터 익혀 평

가하는 것이 더욱 중요한 것
이다. (李元柱군에게) 아

임감이 있고 용기가 있으니
공부를 하면 반드시 성공

〔·········〕

대도둑은 대포로 쏘라
　　　　——안의섭, 두꺼비

(11) 第10610號

　▲일화15만엔(45만원)　▲5·75캐럿물방울다이어1
개(2천만원)　▲남자용파텍시계1개(1천만원)　▲황금목
걸이5돈쭝1개(30만원)　▲금장로렉스시계1개(1백만원)
▲5캐럿에머럴드반지1개(5백만원)　▲비취나비형브로

치2개(1천만원) ▲ 진주목걸이꼰것1개(3백만원) ▲ 라이카엠5카메라1대(1백만원) ▲ 청자도자기3점(싯가미상) ▲ 현금(2백 50만원)

가령, 「한국생명보험회사 송일환씨의 어느 날」이라는 제목이 붙어 있는 이 시는 한 평범한 월급쟁이의 하루를 간략하게 요약해서 보여준다. 그는 버스를 타고 출퇴근을 하며, 조간신문은 사서 보고, 종이컵 커피를 마신다. 그는 솔담배를 피우지만, 점심을 짜장면으로 때우고, 혹시나 하고 복권을 산다. 그의 삶에 즐거움을 부여하는 것은 미스 리와 저녁 식사하고 영화 보는 것 정도인 것 같다. 그 월급쟁이가 1983년 4월 20일자의 한국일보를 읽는다. 그는 첫줄부터 끝줄까지 자세히 읽는 것이 아니라, 만화는 자세히 보는 모양이지만, 띄엄띄엄 읽는다. 그의 마음을 울리는 것은 정직한 사람들의 삶이다. 그 기사들 곁에 놀라운 보물들의 목록이 실려 있다. 띄엄띄엄 읽어나가던 송일환씨의 눈은 그 목록을 자세히 하나하나 읽어 내려간다. 그의 마음속에서는, 아니 그의 마음을 따라가는 우리의 마음속에서는, 정직하게 살면 뭐하나, 어지간하군, 대단하군 따위의 울림이 한꺼번에 울린다. 그의 시는, 이처럼 삶의 모습을, 있는 그대로 보여주는 척하면서, 그것을 해석하는 해석자의 세계관을 은연중에 드러낸다. 보고서처럼 객관적으로 사실들을 드러내면서, 그 보고서 속의 삶의 모습들의 순서, 위치를 바꿈으로써, 시인은 그것의 해석자가 자기라는 것을 드러낸다.

　황지우의 마음의 공간은, 남쪽의 전라남도 완도군에 부속된 섬〔솔섬〕과 북쪽의 만주 길림성 봉천을 잇는 공간이다. 솔섬은 그의 고향으로, 그의 윗대들이 묻혀 있는 곳이다. "빈 항아리마다 저의 아버님이 떠나신 솔섬 새울음이 그치질 않았습니다"(「沿革」), "이튿날, 바람 없고 맑고 찬 아침, 한 채의 꽃상여를 짓고 앞바다 솔섬으로 사람들은 건너갔다. 여인들은 물가에 남아 울었다. 섬의 부족한 흙으로 할아버지를 묻고 사람들은 돌아갔다"(「旅程」) 등의 표현을 보면, 시인의 상상 속에서, 솔섬은, 죽음, 텅빔, 새 울음 소리, 결핍 등과 결부되어 있다. 그곳에서 "가난은 어떤 관례"(「沿革」)와도 같다. 가난에 익숙한 사람들의 죽음, 결핍 등을 솔섬은 하나의 공간으로 형상화한다. 길림성 봉천은 유년 시절의 추억(혹은 책읽기)과 결부된다. "우리들의 털 없는 흉곽에 어욱새풀잎의 목메인 울음 소리 들리는 저 길림성 봉천 하늘 아래 풀과 꽃이 몹시 아름다운 彩色으로 물을 구하였습니다"(「만수산 드렁칡 1」)를 보면, 흉곽에 털이 없던 시절의 어려운 삶이 봉천의 삶이다. 그 삶은 시인에게 아주 끈질기게 달라붙어 있어,

　일기예보를 보는 식구들에게
　吉林省 옛 갈대밭에서

입에 손 모으고 呼名하는 사람이 있다
								——「手旗를 흔들며」

와 같은 시구나,

　　장승백이 삼거리에는, 봉천동 방면과 신림동 방면
을 화살표로 갈라놓은 이정표가 걸려 있다, 그 奉天을
볼 때마다 나는, 가슴이 설레었다, 아, 나는, 몇 번이
고 마음의 두만강을 건너간다, 그 푸른 물, 그 모래
바람, 그 갈대밭을 마음으로만 건너간다, 도대체 어떤
자들이 고향을 버리고 처자식 노부모를 버리고 제 목
숨까지 버리고 그 기약 없는 길로 떠났을까,
								——「파리떼」

와 같은 시구를 낳는다. 갈대밭의 황량함은 고향, 삶
의 원자리를 버린, 버릴 수밖에 없던 사람들의 황량
함이다. 황지우의 마음은 솔섬의 죽음과 봉천의 황량
함으로 채워져 있다. 그 마음은, 이 세계는 힘든 세
계이며, 이 세계 밖에는 여기보다 좋은 세계가 있을
것이다라는 마음의 움직임을 낳는다. 그 마음의 움직
임이 그의 낭만주의적 세계관이다. 그의 낭만주의는
도피와 일락의 낭만주의가 아니라, 새로운 삶을 희구
하는 남성적 낭만주의이다.

　　황지우에게 이 세계는 '가난한 거주지의 긴 주소'
(「手旗를 흔들며」)〉와 같다. 그곳은 떠나고 싶어도

떠날 수 없는 곳이다.

　　ⅰ) 어서 가라
　　　　이 쑥밭의 땅에서　　　　——「만수산 드렁칡 2」

　　ⅱ) 오 화해할 수 없는 이 지상을
　　　　벗어나가라　　　　——「만수산 드렁칡 2」

　　ⅲ) 본시 소생은 무지몽매 고집불통의 영악한 넝쿨이
　　　　오 더러울수록 따뜻한 이 두엄 땅에 뿌리박고 내
　　　　일이 없는 하늘 아래 갈갈이 찢어져
　　　　　　　　　　　　——「만수산 드렁칡 3」

　　ⅳ) 참 멀리서 왔구나, 햇살이여, 노곤하고 노곤한
　　　　지상에　　　　——「�95 청량리—서울대」

와 같은 시구들은 황지우가 이 세계를 어떻게 보고 있는가를 분명히 나타내준다. 이 세계는 떠나고 싶은 쑥밭의 땅이며, 화해할 수 없는 곳이며, 내일이 없는 곳이며, 노곤하고 노곤한 곳이다. 그곳에서의 삶은,

　　섬의 부족한 흙으로 할아버지를 묻고 사람들은 돌아갔다.
　　통통배로
　　직행버스로
　　고속버스로

　　택시로
　　혹은 비행기로
　모두들 일이 밀렸다고, 목포로, 광주로, 부산으로,
혹은 서울로, 혹은 엘에이로.　　　　　　　──「旅程」

에서처럼, 일상적인 일 속에 갇힌 삶이며,

　최근 그는 피혁 의류 수출부 차장이 되었다. 간밤
에도 그는 외국 바이어들을 만났고, '그년'들을 대주
고 그도 '그년들 중의 한 년'의 그것을 주물럭거리고
집으로 와서 또 아내의 그것을 더욱 힘차게, 더욱 전
투적이고 더욱 야만적으로, 주물러주었다. 이것은 그
의 수법이다.　　　　　　　　　　　──「徐伐……」

에서처럼, 자의식 없는 자들의 영악하고 야만적인,
속고 속이는 기만적 삶, 무반성적인 삶이며,

　시장 바닥을 오르내리면서 며칠 전, 나는 따뜻한
봄날의 볕을 받고 있는 병아리 두 마리를 1백 원씩 주
고 샀다. 아이들에게 나는 '살아 있는 장난감'으로서
의 自然을 선물했다. 노란 솜털이 보송보송하게 돋은,
이 살아 있는 물체를, 그런데 나의 아이들은 손도 못
대고 무서워한다.
　　──「'제1한강교에 날아든 갈매기'의 詩作 메모 1」

에서처럼, 자연까지도 무서움의 대상이 되는, 자연

이 없어진 시대의 삶이다. 그 세계에 시인은 갇혀 있다. 그것의 자각이 시인으로 하여금, 이 세계에 대한 야유·풍자·분노·절규를 가능하게 하며, 이 세계 밖으로의 비상을 희원하게 한다. 이 세계에 대한 야유, 풍자나 다른 세계에 대한 희원은 서로 대립되는 마음의 움직임이 아니라, 같은 마음의 움직임이다. 그것을 시인은

    갇혀 있음으로
    내 몸이 무장무장 투명해진다
    새들이 내 흉곽으로 기어들어와
    날개 짓는 소리가 소란하다
    내려가고 싶다
    유리 같은 땅　　　　　　　——「이 문으로」

이라고 노래한다. 갇혀 있기 때문에 그의 몸은 점점 더 투명해진다. 갇혀 있음을 자각하면 할수록, 의식은 맑아진다. 시인은 새들이 그의 흉곽에 붙여준 날개로 날고 싶어한다. 이 세계 밖으로. 그러나 시인은 날고 싶다라고 말하는 것이 아니라, 내려가고 싶다라고 말한다. 시인에게 있어 난다는 내려간다와 동의어이다. 내려감으로 날고, 낢으로써 내려간다. 그 내려감은, 죽음 같은, '가장 靜寂한 땅으로'의 입성(「입성한 날」)을 의미한다. 시인은 '아주 작은 날개'를 단 채 라면 박스 속에서 죽어간 병아리와 같다(「'제1한강교에 날아든 갈매기'의 詩作 메모 1」).

우리도 우리들끼리
낄낄대면서
깔쭉대면서
우리의 대열을 이루며
한세상 떼어 메고
이 세상 밖 어디론가 날아갔으면
　　　　　　　——「새들도 세상을 뜨는구나」

의 이 세상 밖 어디론가는 바로 이 세상 안에 다름
아니다.

　황지우에게 특이한 것은 그 '멀고 안 보이는 나라'
(「목마와 딸」)가 대개 물의 이미지와 결부되어 있다는
점이다.

　　율도국에 가고 싶다
　　내 흉곽의 江岸을 깎는
　　波瀾萬丈
　　물결 하나가
　　수만 겹의 물결을 데리고 와서
　　나의 애간장 다 녹이는
　　조이고 쪼이는
　　내 몸뚱어리 빨래가 되고
　　오 빨래처럼
　　屍身으로 떠내려가도

저 율도국으로 흘러가고 싶다   ——「파란만장」

라는 아름다운 시에서, 물결은 이 세계 밖의 세계에
가는 통로로 이해되고 있는데, 이처럼 직접적이 아
닌 경우에도, 물의 이미지는 교묘하게 시인의 밖
의−세계에−대한−희원 속에 스며든다.

　　먼 훗날 제가 그물을 내린 子宮에서 燐光의 항아리
　　를 건져올 사람은 누구일까요.　　　　　——「沿革」
　　　　　　　　　　　　　　　．

에서는, 새로운 탄생을 약속하는 자리로서 자궁은
바다에 비유되고 있으며,

　　默示의 물 우에 꽃잎 몇 개가
　　혓바닥처럼 떠 있었다
　　　　　　——「대답 없는 날들을 위하여 3」

에서는, 물이 예언의 자리로 이해되고 있다. 그런가
하면,

　　오 幻生을 꿈꾸며 새로 태어나고 싶은 물소리,
　　　　　　　——「草露와 같이」

와 같은 시구나,

　　술 처마신 몸과 넋의 제일 가까운

132

> 울타리 밑으로 가장 머언
> 물소리 들릴락말락　　　——「메아리를 위한 覺書」

와 같은 시구에서는, 물소리는 밖의－세계에－대
한－회원 그 자체이다. 시인의 마음속에서 제일 깊
게 그리고 강하게 울리는 것은 솔섬의 파도 소리인
모양이다. 그 소리가,

> 저 타오르는 불 속은 얼마나 고요할까 像한 촛불을
> 들고 그대 이슬 속으로 들어가, 곤히, 잠들고 싶다
> 　　　　　　　　　　　　　——「草露와 같이」

와 같은 이미지, 그리고

> 불 속에 피어오르는 푸르른
>
> 풀　　　　　　　　　——「메아리를 위한 覺書」

과 같은 이미지를 낳는다. 불이 가장 밝고 환하게
타오를 때 불꽃의 속은 푸르게 보인다. 그 푸르름은
바다의 푸르름이며, 풀의 푸르름이다. 한국인의 근
원 심성은 풀의 녹색과 물의 청색을 다 같이 푸르다
로 파악한다. 타오르는 불꽃은 고요하고 푸르다. 시
인은 타오른다, 고요하고 푸르게! 그래서 시인은 말
한다.

발목이 시리고 살이 아프고 귀가 에이고 그러나 세
상은 너무 고요하고,